rororo

Zu diesem Buch

»Kureishi beschreibt auf gnadenlosen Seiten den Haß und die Wut, die Verzweiflung und das Selbstmitleid eines Mannes, der sich alt fühlt, obwohl er die Jugend längst nicht überwunden hat; der die Liebe sucht und sie stets woanders wähnt; und der in Wahrheit gar kein Schwein ist, sondern nur ein ganz normaler Mann, der in den Trümmern des Geschlechterkriegs die Orientierung verloren hat.« (DER SPIEGEL)

»*Rastlose Nähe* verrät alles, was wir über Männergefühle in Dauerbeziehungen immer wissen wollten, aber nie zu fragen wagten.« (PETRA)

Hanif Kureishi, 1954 als Sohn einer Engländerin und eines Pakistani in London geboren, begann während seines Studiums, Theaterstücke und Drehbücher zu schreiben, darunter die Vorlagen zu Stephen Frears' *Mein wunderbarer Waschsalon* und *Sammy und Rosie tun es*, die zu Kultfilmen wurden. Bei der Verfilmung seines Drehbuchs *London schafft alle* (ARD) führte er selbst Regie. Mit dem Roman *Der Buddha aus der Vorstadt*, für den er den angesehenen Whitbread Prize für das beste Erstlingswerk erhielt, wurde er international bekannt. Im Kindler Verlag liegen außerdem seine Erzählungen *Dunkel wie der Tag* vor.

Hanif Kureishi

Rastlose Nähe

Roman

Deutsch von
Leonie von Reppert-Bismarck

Rowohlt Taschenbuch Verlag

Die Originalausgabe erschien unter
dem Titel *Intimacy*
bei Faber & Faber, London

Veröffentlicht im Rowohlt Taschenbuch
Verlag GmbH, Reinbek bei Hamburg,
Januar 2001

Umschlaggestaltung C. Günther / W. Hellmann
(Foto: photonica / Sean Kernan)
Gesamtherstellung Clausen & Bosse, Leck
Printed in Germany
ISBN 3 499 22900 5

Rastlose Nähe

Es ist die traurigste Nacht, denn ich gehe fort und komme nicht zurück. Morgen früh, wenn die Frau, mit der ich seit sechs Jahren zusammenlebe, mit ihrem Rad zur Arbeit gefahren ist und unsere Kinder zum Ballspielen in den Park gebracht worden sind, werde ich ein paar Sachen in einen Koffer packen, mich – hoffentlich unbemerkt – aus dem Haus stehlen und die U-Bahn zu Victors Wohnung nehmen. Für eine Weile werde ich dort in dem winzigen Zimmer, das er mir freundlicherweise angeboten hat, auf dem Boden schlafen – direkt neben der Küche. Jeden Morgen werde ich die dünne, schmale Matratze wieder in den Trockenschrank hieven. Ich werde die muffige Decke in eine Kiste stopfen. Ich werde die Kissen zurück auf das Sofa legen.

Ich werde nicht in mein jetziges Leben zurückkehren. Ich kann es nicht. Vielleicht sollte ich eine Notiz hinterlassen, in der ich dies mitteile. »Liebe Susan, ich komme nicht wieder ...« Vielleicht wäre es besser, morgen nachmittag anzurufen. Oder ich könnte am Wochenende einen Besuch machen. Was die Einzelheiten betrifft, habe ich mich noch nicht entschieden. Jedenfalls ist es so gut wie sicher, daß ich ihr heute abend oder heute nacht nichts von meinem Vorhaben erzählen werde. Damit warte ich noch. Warum? Weil Worte Taten sind und Dinge in Bewegung setzen. Einmal ausgesprochen, lassen sie sich nicht mehr zurücknehmen. Etwas Unwiderrufliches vollzieht sich, und dabei bin ich ängstlich und unsicher. Ja, ich zittere

sogar, ich zittere schon den ganzen Nachmittag, den ganzen Tag.
Dies nun könnte unser letzter Abend als unschuldige, intakte, ideale Familie sein; meine letzte Nacht mit einer Frau, die ich seit zehn Jahren kenne, einer Frau, über die ich nahezu alles weiß und von der ich nichts mehr wissen will. Bald schon werden wir wie Fremde zueinander sein. Nein, das können wir nie sein. Jemanden zu verletzen ist ein Akt widerwilliger Vertrautheit. Wir werden einander gefährliche Bekannte mit einer gemeinsamen Geschichte sein. Das erste Mal, als sie die Hand auf meinen Arm legte – hätte ich mich doch nur abgewandt. Warum habe ich es nicht getan? Diese Verschwendung, diese Verschwendung von Zeit und Gefühlen. Sie hat einmal etwas Ähnliches über mich gesagt. Aber meinen wir es auch? Ich habe keine eindeutige Antwort darauf.
Ich hocke auf dem Rand der Badewanne und beobachte meine beiden Söhne, der eine drei, der andere vier Jahre alt, die sich gegenübersitzen. Ihre Spielsachen, Plastiktiere und Flaschen schwimmen auf dem Wasser, die zwei plappern, mal mit sich selbst, mal miteinander, ausnahmsweise gibt es weder Streit noch Gejammer. Sie sind quirlig und zäh, und die Leute sagen, was für glückliche und liebevolle Kinder sie sind. Ehe ich heute morgen in dem Wissen, noch einiges für mich abklären zu müssen, das Haus verließ, sagte der Ältere, als er eindringlich einen zweiten Kuß verlangte: »Daddy, ich liebe die ganze Welt.«

Morgen werde ich etwas tun, das sie verletzen und Narben hinterlassen wird.
Der Jüngere trug heute eine Flanellhose, ein graues Hemd, blaue Hosenträger und einen Polizeihelm.
Während ich ihre Kleider in den Wäschekorb werfe, werde ich durch ein Geräusch von draußen aufgeschreckt. Ich halte die Luft an.
Jetzt schon!
Sie schiebt ihr Fahrrad in den Flur. Sie nimmt die Einkaufstaschen aus dem Fahrradkorb.
Über Monate und besonders in den letzten Tagen betrachte ich, wo immer ich bin – bei der Arbeit, im Gespräch, beim Warten auf den Bus –, diesen Bruch von allen möglichen Seiten. Mehrmals habe ich darüber meine U-Bahn-Station verpaßt oder mich an einem vertrauten Ort wiedergefunden, den ich nicht wiedererkannte. Ich weiß nicht immer, wo ich bin, was eine angenehm herausfordernde Erfahrung sein kann. Doch zur Zeit habe ich den Eindruck, ich würde die Dinge verkehrt herum anschielen.
Ich habe versucht, mir einzureden, daß man jemandem Schlimmeres antun kann, als ihn zu verlassen. Es mag niederschmetternd, muß aber keine Tragödie sein. Wenn du niemals etwas oder jemanden hinter dir läßt, gibt es auch keinen Raum für Neues. Natürlich, Fortgehen heißt Verrat begehen – an den anderen, an der Vergangenheit, an bisherigen Ansichten von uns selbst. Vielleicht sollte jeder Tag zumindest einen wesentlichen Verrat oder notwendigen Vertrauensbruch ent-

halten. Das käme einem optimistischen, hoffnungsvollen Akt gleich, der Glauben an die Zukunft gewährleistet – die Versicherung, daß die Dinge nicht nur anders, sondern auch besser sein können.
Deshalb tausche ich Susan, meine Kinder, mein Haus und den Garten voller Cannabispflanzen und Kirschblüten, die ich durch das Badezimmerfenster sehen kann, gegen einen Flecken bei Victor, wo es zieht und auf dem Boden staubig ist.
Victor hat seine Frau vor acht Jahren verlassen. Seitdem hat er – die chinesische Prostituierte nicht ausgenommen, die nackt Klavier spielte und all ihre Habseligkeiten zu ihren Stelldichein mitbrachte – nur unbefriedigende Liebschaften gehabt. Wenn das Telefon klingelt, führt er eine Art panischen Tanz auf und fragt sich, welche Schmach ihm droht und aus welcher Richtung. Victor kann den Frauen nämlich Hoffnung geben, wenn auch keine Befriedigung.
Wir finden, Pubs und Restaurants sind uns angemessener. Ich muß sagen, daß Victor, wenn er nicht gerade im Dunkeln sitzt, mit tiefliegenden Augen und Pupillen, die von Fassungslosigkeit und Ärger geweitet sind, ziemlich locker sein kann, sogar amüsant. Ihm ist es einerlei, ob ich schweigsam oder redselig bin. Er ist es gewohnt, daß ich von Thema zu Thema springe, meinen ungebändigten Gedankenimpulsen folge. Frage ich ihn, warum seine Frau ihn noch immer haßt, erzählt er es mir. Wie meine Kinder schätze auch ich eine gute Geschichte, besonders, wenn ich sie schon einmal

gehört habe. Ich möchte sämtliche Einzelheiten und jede atmosphärische Schwingung erfahren. Aber er redet langsam, wie manche Engländer es tun. Häufig habe ich keine Ahnung, ob er lediglich darauf wartet, bis das nächste Wort auftaucht, oder ob er sich womöglich für immer in Schweigen hüllen will. Solche Pausen kann ich nur als Gelegenheit zum Träumen begreifen. Aber will ich wirklich jeden Tag Monologe, Gesprächspausen, Zugluft und Pubs?

Susan ist jetzt im Raum.

Sie sagt: »Warum machst du eigentlich nie die Badezimmertür zu?«

»Was?«

»Warum nicht?«

Mir fällt kein Grund ein.

Sie küßt die Kinder innig. Ich liebe ihre Begeisterung für sie. Wenn wir uns wirklich unterhalten, dann nur über die Kinder, über etwas, das sie gesagt oder getan haben, als seien sie eine Leidenschaft, die sonst niemand nachvollziehen kann.

Susan berührt mich nicht, hält mir lediglich ihre Wange hin, einige Zentimeter von meinen Lippen entfernt, so daß ich mich etwas vorlehnen muß, um sie zu küssen – eine Demütigung für uns beide. Sie riecht nach Parfüm und Straße.

Sie geht sich umziehen und kommt in Jeans und Sweat-Shirt zurück, mit einem Glas Wein für jeden von uns.

»Hallo. Wie geht es dir?«

Sie schaut mich durchdringend an, damit ich sie wahrnehme. Ich spüre, wie sich mein Körper zusammenzieht und schrumpft.
»Ganz gut«, erwidere ich.
Ich nicke und lächle. Sieht sie meinem Gesicht an, daß heute etwas anders ist? Habe ich mich bereits verraten? Ich muß erschöpft aussehen. Normalerweise bereite ich vor jedem Zusammentreffen zwei oder drei mögliche Gesprächsthemen vor, als seien unsere Unterhaltungen Prüfungen. Wissen Sie, sie beschuldigt mich nämlich, in ihrer Gegenwart mundfaul zu sein. Wenn sie doch nur wüßte, wie ich innerlich stammele. Heute war ich zu aufgeregt, um mich vorzubereiten. Am Nachmittag war es besonders schlimm. Schweigen kann durchaus Wärme ausstrahlen, wie Dunkelheit, und ist ebenso Sprache. Paare haben guten Grund, nicht zu reden.

Sie erzählt mir davon, wie ihre Arbeitskollegen sie im Stich gelassen haben.
»Sie sind nicht gut genug«, sagt sie.
»Tatsächlich?«
Seitdem der Verlag übernommen worden ist, hat sie es schwer. Aber sie ist sowieso eine Frau mit starken Gefühlen, Gefühlen der Ablehnung wie der Begeisterung. Meistens jedoch der Ablehnung. Andere Menschen, mich eingeschlossen, irritieren und frustrieren sie. Es verwirrt mich, daß ich ihre Empfindungen teilen soll, obwohl ich die Leute gar nicht kenne.

Während sie erzählt, wird mir klar, warum ich die Badezimmertür offenlasse. Ich kann nicht längere Zeit mit ihr in einem Raum sein, ohne das Gefühl zu bekommen, etwas gegen ihre übergroße Wut unternehmen zu müssen. Aber ich weiß nie, was ich machen soll, und deshalb stellt sich bei mir rasch der Eindruck ein, als würde sie mich in die Ecke drängen und auseinandernehmen.
Das Badewasser der Jungen läuft langsam ab, ihr Spielzeug beeinträchtigt den Abfluß. Die Kinder steigen nicht eher aus der Badewanne, bis das Wasser ganz abgelaufen ist, und auch dann sitzen sie weiter dort und machen sich Schnurrbärte und Hüte aus dem Restschaum. Schließlich hebe ich den Jüngeren aus der Wanne. Susan nimmt den anderen.
Wir wickeln sie in dicke Handtücher mit Kapuzen. Durch ihr feuchtes Haar, die Wassertropfen im Nakken und ihre Müdigkeit und all das sehen die Jungen wie zwergenhafte Boxer nach einem Kampf aus. Sie streiten darüber, welche Schlafanzüge sie anziehen wollen. Der Jüngere will nur Batman T-Shirts tragen. Sie scheinen sehr früh ein Bewußtsein von sich selbst zu entwickeln. Das haben sie sicher von uns.
Susan gibt dem Jüngeren eine Flasche, die er mit beiden Händen, wie ein Trompeter, an seinen Mund hält. Ich beobachte, wie sie sein Haar streichelt, seine aufgeweichten Finger küßt und ihm den Bauch reibt. Er kichert und windet sich. Wie arglos die Menschen doch sind, wenn sie nicht damit rechnen, verletzt zu

werden. Wer könnte dieser Gutgläubigkeit Gewalt antun, ohne sich selbst zu schaden? Als ich ungefähr acht oder neun Jahre alt war, saß neben mir in der Schule ein übelriechender Junge aus armen Verhältnissen. Eines Tages, als wir alle standen, rutschte sein Bein hinter die Bank. Mit voller Absicht gab ich ihr einen Ruck und klemmte sein Bein ein. Der Ausdruck des unerklärlichen und unerwarteten Schmerzes auf seinem Gesicht steht mir heute noch deutlich vor Augen. Man kann sich aussuchen, ob man anderen Gutes tun oder Schaden zufügen will.

Wir bringen die Kinder hinunter, wo sie behaglich auf Kissen liegen, an ihren Schnullern nuckeln und sich mit halbgeschlossenen Augen den *Zauberer von Oz* ansehen. Sie ähneln zwei vornehmen Herren, die an einem heißen Tag auf einem Feld Zigarre rauchen. Sie verlangen nach Ingwerkeksen, als wäre ich ein Butler. Ohne daß Susan es merkt, hole ich ihnen welche aus der Küche. Die Jungen strecken ihre gierigen Finger aus, ihr Blick löst sich nicht vom Fernseher. Während der Film läuft, murmeln sie nicht nur die Dialoge mit, sondern imitieren auch die Geräuscheffekte. Nach einer Weile sammle ich die Krümmel auf, überlege, wohin damit, und werfe sie schließlich in eine Ecke.

Susan arbeitet in der Küche, hört dabei Radio und schaut in den Garten. Sie genießt das. Ihr Familienleben war, ähnlich wie meines, meist unerfreulich. Daher scheut sie jetzt keine Mühe, um richtig einzukaufen und gute Mahlzeiten zu kochen. Selbst wenn wir

Essen zum Mitnehmen besorgen, läßt sie uns nicht zwischen Zeitungen, Kinderbüchern und Briefen essen, sondern legt Servietten auf, zündet Kerzen an und öffnet den Wein, besteht also auf einem richtigen Familienmahl, einschließlich enervierender Schweigephasen und handfester Streitigkeiten.

Sie liebt Auktionen, auf denen sie ausgefallene Bilder, Drucke und Möbel ersteht, diese häufig mit Samt bezogen, der an manchen Stellen schon abgewetzt ist. Wir haben jede Menge Lampen, Kissen und Vorhänge, die zum Teil mitten im Raum angebracht sind, als würde dort sogleich ein Schauspiel beginnen, und an denen herumzuschwingen ich die Jungen abzuhalten versuche. In jedem Zimmer stehen tiefe Sessel, Fernseher, Telefone, Klaviere, Musikanlagen, und überall liegen die neuesten Zeitschriften und aktuellsten Bücher herum. Die Wenigsten leben in solcher Bequemlichkeit, solchem Überfluß und solcher Unbeschwertheit.

Zu Hause fühle ich mich nicht zu Hause. Morgen früh werde ich mich davon befreien. Definitiv. Bye-bye.

Ich setze mich auf den Boden zu den Jungen und lockere den Gürtel, nachdem ich endlich die Schnalle in den weichen Falten meines Bauches zu fassen bekomme. Ausnahmsweise nehme ich mir nicht die Zeitung vor, sehe auch nicht fern, sondern betrachte sehr genau meine Söhne, ihre Füße, Ohren und Augen. Heute abend, da ich anwesend und abwesend zugleich bin – beinahe schon ein Gespenst –, werde ich nicht trinken, nicht kiffen, nicht streiten. Ich muß alles so bewußt wie möglich erleben. Ich möchte gedanklich ein Bild entwerfen, das ich mit mir herumtragen und jederzeit abrufen kann, wenn ich bei Victor bin. Das ist das erste der wenigen Dingen, die mitzunehmen ich mich heute nacht entscheiden muß.

Plötzlich habe ich das Gefühl, als müßte ich mich übergeben; schnell schlage ich mir die Hand vor den Mund. Das Gefühl geht vorüber. Aber jetzt könnte ich sofort losheulen! Ich fühle mich wie ein abstürzendes Flugzeug. Natürlich werde ich die Kinder so oft wie möglich sehen, aber all das hier werde ich vermissen. Die Chaotik des Familienlebens: die Stimmen der Kinder, wenn sie die Spottversion von *The Teddy Bears' Picnic* singen; sie beobachten zu können, wenn sie mit ihren neuen Ferngläsern fernsehen; wie wir drei zu der Musik der Rolling Stones tanzen, der Ältere gefährlich auf dem Couchtisch herumturnt, der Jüngere über das Sofa watet; ihnen nachzuschauen, wenn sie auf ihren Fahrrädern mit Gebrüll davonjagen; wie sie im Sonnenschein die Straße hinunterspazieren, mit aufgespannten Regenschirmen, und schmalzig *Singin' in the Rain* singen. Als der Ältere noch ein Baby war, hat er einmal in einen meiner Schuhe gekotzt, und ich bemerkte das erst, als ich im Taxi zum Flughafen saß.

Wenn ich nach Hause komme und die Kinder nicht antreffe, laufe ich, auch wenn es eigentlich viel zu tun gibt, von einem Raum zum anderen und warte darauf, daß ihre Gesichter in der Tür auftauchen und sie die

Welt durch ihre chaotische Energie wieder zum Leben erwecken.
Gibt es etwas Wichtigeres? Für welche Art von Erfahrung glaube ich all dies opfern zu müssen, verloren in der Mitte meines Lebens und nicht in der Lage, einen Weg nach Hause zu finden? Ich besitze emotionale Erfahrungen mit Männern, Frauen, Kollegen, Eltern, Bekannten im Überfluß. Ich habe jahrelang gelesen, nachgedacht und geredet. Wird mir heute nacht irgend etwas davon eine Richtung weisen? Vielleicht sollte ich davon beeindruckt sein, daß ich nicht an Besitz hänge, daß ich ungebunden und frei genug bin, um am Morgen auf und davon zu gehen. Aber frei wofür? Die größte Freiheit besteht doch in der Möglichkeit, sich zu entscheiden, in Freiheit die Verpflichtungen zu wählen, die einen an das Leben binden – sich also auf etwas einzulassen.
Diese Verworrenheit läßt mich einfach nicht los. Doch bis morgen früh werde ich mir über bestimmte Dinge im klaren sein müssen. Ich darf mich nicht in Selbstmitleid suhlen, jedenfalls nicht länger als nötig. Ich habe festgestellt, daß mich weniger meine Launen selbst frustrieren als vielmehr ihre Intensität und unabsehbare Dauer. Kaum fühle ich mich ein wenig bedrückt, fürchte ich eine einjährige Depression. Wenn meine ehemalige Freundin Nina sich einmal kühl zeigte oder scharf wurde, war ich überzeugt, sie wollte sich für immer von mir trennen.
Heute abend verspüre ich hauptsächlich Angst vor der

Zukunft. Immerhin, könnte man dagegenhalten, ist Furcht vor dem, was da kommt, besser als Langeweile, und ein Leben ohne Liebe ist eine einzige Langeweile. Ich mag zwar Angst haben, aber zynisch bin ich nicht. Ich versuche, resolut zu sein. Keine Sorge, heute nacht werde ich die Dinge auf den Kopf stellen.

Ich sollte mir auch darüber Gedanken machen, was ich am Leben und an anderen Menschen liebe. Sonst verwandle ich die Zukunft in eine Ödnis und blocke Chancen ab, noch bevor sie sich auftun. Etwas in sich abzutöten, ohne zu sterben, fällt nicht schwer. Leider muß man die Gegenwart durchleben, um in die Zukunft zu gelangen.

Während ich über diese Dinge nachdenke, fallen mir mehrere Leute ein, die den größten Teil ihres Lebens deprimiert gewesen zu sein scheinen und diesen Zustand relativer Unzufriedenheit als ihnen gebührend akzeptieren. Wieviel Zeit ich wohl durch meine zahlreichen Depressionen verloren habe? Drei Jahre, mindestens. Das ist vermutlich länger als all meine sexuellen Lustmomente zusammengenommen.

Ich ermuntere mich dazu, mir die Vergnügen eines ungebundenen Mannes in London vorzustellen, mir etwas vor Augen zu halten, worauf ich mich freuen kann. Meine Söhne schauen zu mir auf, während ich in mich hineinkichere. Neulich nachts geht Victor in eine Bar, trifft dort eine Frau mit einem Stift in der Zunge, die ihn in ihre Wohnung im East End einlädt. Sie mag es, gefesselt zu werden, besitzt auch das nötige

Spielzeug. Die Stiftzunge fährt ihm über seinen Sack, wie, so sagt er, eine Schnecke mit einem Kugellager am Kopf. Sie reißen Witze über verlegte Schlüssel. Sein Unterleib brennt.

Am nächsten Tag ruft er zu einer völlig unmöglichen Zeit an und besteht darauf, mich zum Frühstück zu treffen, um mir die ganze Geschichte erzählen zu können. Ich teile ihm mit, das Kindermädchen, wie Kindermädchen nun einmal sind, habe seinen Lebenswillen verloren und daß es schwierig ist, am frühen Morgen als erstes einen Babysitter zu finden. Doch schließlich erreiche ich das Café, glücklich, aus dem Haus raus zu sein und das Frühstück gebracht zu bekommen, statt, wie üblich, mit meinen marmeladebestrichenen Toastscheiben herumzurennen, die unweigerlich mit der geschmierten Seite auf dem Fußboden landen.

Victor läßt kein Detail aus.

»Und was hast du gestern gemacht?« fragt er schließlich höflich.

Ich seufze. Ich habe in einem alten Jogginganzug auf dem Bett gelegen, Bier getrunken, gehustet, geraucht und mir über Kopfhörer ein spätes Beethoven-Quartett angehört.

Er wird die Frau nie wiedertreffen. Die meisten Abende verbringt Victor allein vor dem Fernseher, auf dem Schoß einen Teller mit einigen Scheiben Zervelatwurst und Chips, dazu ein oder zwei eingelegte Zwiebeln.

Ein anderer Freund: ein beleibter Alkoholiker mittleren Alters, der als Wirtschaftsprüfer arbeitet. Ich beneidete ihn um den Enthusiasmus, mit dem er über das Leben sprach, das zu führen ihn seine Ehe im Moment hinderte. Er hatte zu viel gearbeitet, um seine jugendliche Freiheit beim ersten Mal ausgiebig zu genießen. Er verläßt seine Frau, kauft sich Unterwäsche, Aftershave, Manschettenknöpfe, ein Armband und Haartönung. Dann präsentiert er sich mir.
Meine Augen weiten sich, mein Mund steht offen.
Schließlich sage ich: »So gut hast du noch nie ausgesehen.«
»Du bist sehr ermutigend, wie immer«, sagt er. »Danke, vielen Dank.«
Wir schütteln uns die Hand, und er macht sich auf zu einem dieser Single-Clubs oder Bars für Geschiedene. Er trifft eine Frau, die ihn jedoch nur in ihrem Ehebett haben will, um ihren Mann zu provozieren. Er trifft eine andere. »Du erinnerst mich an jemanden«, sagt sie. An einen Bestattungsunternehmer, wie sich später herausstellt. Mein wütender Freund erwidert, daß es nicht *ihr* Körper sei, der ihn interessiere. Bald schon erkennt er, daß er in seinem Alter viel mehr darauf achtet als früher, mit wem er seine Zeit verbringt. Was er damals wollte, will er jetzt nicht mehr. Ebensowenig entgeht ihm, daß die Menschen mit zunehmendem Alter immer exzentrischer werden und es eine Menge über sie zu erfahren gibt.
»Soll ich zurück zu meiner Frau gehen?« fragt er.

»Versuch's doch«, antworte ich. Es spricht der Experte. Doch sie betrachtet ihn mißtrauisch und fragt sich, wieso sein Haar plötzlich auberginefarben ist und ob er sich in das Armband seinen Namen hat eingravieren lassen, um nach einem Unfall leichter identifiziert werden zu können. Sie hat erkannt, daß sie auch ohne ihn leben kann.

Die Jungen sind eingeschlafen. Ich trage sie einen nach dem anderen nach oben. Sie liegen Seite an Seite unter bunten Bettdecken. Ich will sie gerade küssen, als ich merke, daß ihre Augen geöffnet sind. Ich befürchte, daß sie ihren toten Punkt überwunden haben und noch einmal aufdrehen. Ich bin ein liberaler Vater, den seine gelegentlichen Wutanfälle bekümmern. Überhaupt bedauere ich jede überflüssige Einschränkung. Ich möchte nicht, daß sie vor mir Angst haben; sie sollen vor niemandem Angst haben. Ich möchte in ihnen nichts zerbrechen oder sie irgendwie entmutigen. Doch bisweilen will ich schon, daß sie glauben, ich hätte das Sagen. Kurz darauf springen sie von Bett zu Bett. Als sie sich zur Tür aufmachen, sehe ich mich gezwungen, meine ›verärgerte‹ Stimme einzusetzen, da ich zu müde bin, um sie einzufangen. Ich verstehe nicht, warum ihnen das Zubettgehen so widerstrebt. Seit Monaten gehört die Vorfreude auf diese Bewußtlosigkeit zu den Höhepunkten meines Tages. Wenigstens bedauern die Kinder das Verstreichen eines jeden Tages; ich tue das auch, aber auf andere Art. Heute abend wollen meine Jungen und ich dasselbe: mehr Leben.

»Wenn ihr liegenbleibt, lese ich euch etwas vor«, sage ich.

Sie schauen mich mißtrauisch an, aber ich finde ein Buch und mache mir zwischen ihnen Platz. Sie legen sich hin, zum Teil auf mich und treten sich ab und an. Wie die meisten Kindergeschichten, so ist auch diese eine grausame Geschichte, und wie in den meisten Kindergeschichten, so spielt auch hier ein Holzfäller eine Rolle. Aber unvermeidlich geht es dabei um eine konventionelle Familie, der der Vater nicht entflieht. Die Jungen kennen die Geschichte auswendig und merken sofort, wenn ich einen Teil überspringe oder etwas hinzuzudichten versuche. Als sie schließlich aufhören, Fragen zu stellen, lege ich das Buch zur Seite, schleiche aus dem Zimmer und schalte das Licht aus. Dann gehe ich noch einmal zurück, finde sie in ihre Bettdecken gekuschelt und küsse sie. Von draußen horche ich auf ihr Atmen. Könnte ich doch die ganze Nacht hier stehen. Dann höre ich, wie sie miteinander tuscheln und kichern.

Immer diese Ammen mit ihren Märchen.

Von Anfang an, es begann mit den Mädchen in der Schule und besonders den Lehrerinnen, habe ich Frauen beobachtet – in Geschäften, auf der Straße, im Bus, auf Feten – und mich gefragt, wie es wohl wäre, mit ihnen zusammen zu sein, und welche Freuden wir wohl entfachen würden. In der Schule warf ich häufig meinen Stift unter das Pult der Lehrerin, um darunter zu kriechen und mir ihre Beine anzuschauen. Die Planlosigkeit des Erziehungssystems gestattete mir, ein reges Interesse an Frauenröcken zu entwickeln – an ihrem Material, ihrer Verarbeitung und ob sie fließend, weit oder eng waren und wenn ja, an welchen Stellen. Ähnlich wie später Theatervorhänge weckten Röcke lebhafte Neugier in mir. Ich wollte wissen, was sie verbargen. Das erforderte Geduld, doch dafür lockten ungeahnte Möglichkeiten. Der Rock war ein über sich hinausgehender Gegenstand, ein Ding an sich und zugleich doch auch ein Mittel, um zu etwas anderem zu gelangen. Das wurde mir zum Sinnbild allen wirklich wichtigen Wissens. Die Welt ist ein Rock, den ich hochheben möchte.

Später dachte ich, ich könnte mit jeder Frau neu anfangen. Als gäbe es keine Vergangenheit. Eine Zeitlang konnte ich jemand anderes sein, wenn schon nicht jemand neues. Ich benutzte Frauen auch, um mich vor anderen Leuten zu schützen. Wo immer ich war, blieb die Welt außen vor, solange ich mit einer flüsternden Frau zusammenhockte, die mich begehrte. Ich konnte aufhören, andere Frauen zu begehren. Gleichzeitig hielt ich mir jedoch gerne alle Optionen offen; die Lust auf andere Frauen bewahrte mich ebenso vor der Mißlichkeit wie vor der Anfälligkeit, nur die eine zu lieben. Tiefes Wissen birgt Gefahren.

Wie zu erwarten, ist Susan, abgesehen von Mutter, die

einzige Frau, mit der ich so gut wie nichts anzufangen weiß. Aber jetzt, da ich weiß, daß ich mit Frauen sprechen kann, ohne mich vor meinem Verlangen nach ihnen zu fürchten, bin ich nicht sicher, ob ich jemanden so wie früher berühren kann – unbeschwert. Ab einem bestimmten Alter verliert Sex alles Beiläufige. Mit so wenig würde ich mich nicht zufriedengeben. Wenn du deine Hand auf jemandes Körper legst oder mit deinem Mund den eines anderen berührst, was für eine Verpflichtung gehst du damit ein! Sich für jemanden zu entscheiden bedeutet, ein ganzes neues Leben zu entdecken. Und es beinhaltet die Aufforderung an den anderen, auch dich zu erkunden!

Vielleicht ist mir genau das mit Nina passiert. Eines Tages läuft ein Mädchen vorbei, und du willst sie. Ich habe diesen Moment etliche Male analysiert. Zusammen durchlebten wir ihn immer wieder, in Freude und Verwunderung. Ich weiß noch, wie groß und schlank ich sie fand; und dann kam der Schock, ein heftiger Schock, als wir uns trafen und zusammentrafen. Sie strahlte etwas aus, das alles änderte. Aber dies war nicht das erste Mal, daß ich einen Menschen begehrte, und ich wußte nichts über sie. Sie gehörte zu einer anderen Welt. Ab einem gewissen Alter will man, daß alles etwas weniger willkürlich vonstatten geht. Man will daran glauben, daß man weiß, was man tut. Möglicherweise erklärt das, was ich tat.

Meinem jungen schwulen Freund Ian gefiel es, mit mir vor den U-Bahn-Stationen zu stehen, wo ich im Sommer die Mädchenschwärme beobachten konnte, nachdem ich gegen Mittag meine Arbeit beendet hatte. Bestimmte Orte versprachen interessanter zu sein als andere. »Ein Bild der Impotenz«, meinte er. Mit ihm wurden bloß einige Blicke gewechselt, bevor er verschwand, während ich wartete und irgendwo Kaffee trank. Manchmal fickte er fünf Leute am Tag, schob seinen Arm bis zum Ellenbogen in Männer hinein, deren Gesichter er nie zu sehen bekam. Jede Nacht gab es irgendeine Orgie, an der er teilnehmen konnte.
»Ich werde nie verstehen, warum ihr Heteros so ein Theater ums Treubleiben macht«, sagte er immer. »Es geht doch nur ums Vögeln.«
»Vögeln bedeutet etwas«, erwiderte ich. Aber was? Ich fügte hinzu: »Zur wahren Schönheit gehört doch auch immer das Geheimnisvolle.«
»Wo Menschen sind, gibt es immer auch Geheimnisse«, war seine Antwort.

Susan hat bereits den Tisch gedeckt. Ich öffne den Wein und schenke ein. Der Verkäufer im Weinladen sagte mir, der Wein sei gut zu trinken. Dieser Tage, finde ich, läßt sich alles gut trinken.
Susan bringt das Essen herein und trägt es auf. Ich blättere die Zeitung durch. Während sie ißt, stellt sie den Fernseher an, setzt ihre Brille auf, lehnt sich vor und schaut sich eine Seifenoper an.

»Oh, mein Gott«, sagt sie, als irgend etwas passiert. Der Lärm dröhnt mir im Kopf.

Man möchte meinen, sie könnte einen Blick über den Tisch werfen, wenn sie ein häusliches Drama sehen möchte.

Aber ich schaue weg, zu einem Baum im Garten, einem Bild an der Wand und sehne mich nach etwas Schönem oder liebevoll Gestaltetem. Ich fange an, das Fernsehen wie auch die anderen Medien zu hassen. Ich war jung, als die Welt des Rock 'n' Roll – die Apotheose des aufmüpfig Seichten – den Inbegriff des Neuen darstellte. Diese Welt bedeutete Rebellion und stand gegen das Konventionelle und Tote. Auch das Fernsehen blieb meine ganze Jugend hindurch eine Neuheit – all diese flimmernden Welten, die in einen Raum hereingelassen wurden, während mein Vater mich auf Zehenspitzen stehend die Antenne in der Nähe des Fensters hochhalten ließ. Jeden Monat traf etwas Neues und Glänzendes ein: ein Auto, ein Eisschrank, eine Waschmaschine, ein Telefon. Und eine Zeitlang versetzte uns jedes neue Teil in Erstaunen. Wir befühlten es und starrten es mindestens zwei Wochen lang an. Wir waren wie alle anderen und einigen sogar noch voraus. Wir glaubten – ich weiß nicht, warum –, daß materielle Dinge genügen würden.

Heute macht es mich zornig, mit Geschmacklosigkeit, Öde und ewigen Wiederholungen bombardiert zu werden. Einige Freunde von mir arbeiten beim Fernsehen. Sie reden pausenlos über ihre Arbeit und ihr

Gehalt, über die politischen Vorgänge, in die sie verstrickt sind, und über die Öffentlichkeit, der sie niemals begegnen. Schaltet man jedoch den Fernseher an und setzt sich in der Erwartung hin, etwas Gehaltvolles zu sehen, so wird man enttäuscht – besser gesagt, aufgebracht durch die Unverschämtheit, die Aggression und die aufgezwungene Uniformierung des Intellekts. Anders gesagt: Es ist zum Abschalten; ich rebelliere gegen die Rebellion.

An meinem Auge zuckt ein Nerv. Meine Hände zittern. Ich fühle mich hohl, und meine Nerven liegen blank, als hätte mich etwas Tödliches getroffen. Mein Körper weiß, was vor sich geht. Wenn ich jetzt schon Angst habe, werde ich mich morgen erst recht schlecht fühlen, und übermorgen auch und am darauffolgenden Tag ebenfalls. Und all das im Namen irgendeiner Art von Befreiung. Aber grauenhafte Gefühle verschwinden nach einer Zeit – das macht einen Teil ihres Grauens aus.

An der Universität traf ich eine Frau, die genauso traurig war wie ich, wenn nicht noch trauriger. Sechs Jahre, bevor ich Susan kennenlernte, lebten wir zusammen. Heute kommt mir das sehr lange vor. Doch damals glaubte ich, wir hätten Zeit für alles. Wir schliefen jede Nacht im selben Bett, wir kochten und aßen gemeinsam. Unsere Freunde nahmen es als gegeben hin, daß wir eins wären, obwohl wir gelegentlich andere Liebhaber hatten. Ungefähr einmal im Monat hatten wir Sex. Das war in den späten siebziger Jahren,

und Beziehungen waren lässig und unkompliziert, als wäre man übereingekommen, daß die Einengung, die in der Regelmäßigkeit liegt, die Menschen krank mache. Ich glaube, ich war der Ansicht, ohne Kinder bestünde kein zwingender Grund zur Monogamie.
Ich würde gerne sagen können, der Duft der Mimose erinnere mich an sie. Ich würde gerne sagen können, sie werde irgendwie immer ein Teil von mir sein. Aber es ist vorbei und sie eine unbetrauerte wahre Liebe.
Nina aber ist immer noch präsent in meinen Gedanken. Ich kann sie nicht ziehen lassen, noch nicht.

Ich zwinge mich zum Essen. Ich werde in den nächsten Tagen Kraft brauchen. Doch noch nie hat eine Tomate derartig hart geschmeckt. Plötzlich berührt Susan mein Gesicht mit den Fingerspitzen.
»Du«, sagt sie.
»Was?«
Vielleicht kann sie das rasende Tempo und das Durcheinander meiner Gedanken spüren.
»Nur du, Jay. Ist schon gut. Nur das.«
Ich starre sie an. Das Liebevolle der Geste schockiert mich. Ich frage mich, ob sie mich nicht doch irgendwie, irgendwo liebt. Und wenn man schon das Glück hat, geliebt zu werden, sollte man dafür doch wohl dankbar sein. Ich hatte mich auf einen Streit gefaßt gemacht. Das würde mich heute nacht garantiert aus dem Haus treiben. Aber ich weiß, daß ich das hier mit

klarem Kopf und nüchtern hinter mich bringen muß, daß ich nicht zur Tür hinausstürzen darf mit zu Berge stehendem Haar oder halluzinierend oder mit Mordgedanken im Herzen.
Heute nacht will ich nur so aufgebracht sein, wie ich es sein möchte; nicht aufgebrachter als das, bitte.

Dies ist nicht meine erste Flucht. Sie müssen wissen, daß ich früher schon einmal weggelaufen bin. Als Junge saß ich häufig in meinem Zimmer, hielt mir die Ohren zu, während meine Eltern unten tobten, und war überzeugt, daß erst einer den anderen umbringen und dann Selbstmord begehen würde. Ich sah mich schon wie Dick Whittington von dannen ziehen, auf meiner Schulter ein Stock mit einem gepunkteten Tuch daran befestigt. Aber ich konnte mich nie für ein Ziel entscheiden. Zwar hatte ich überlegt, in den Norden zu gehen, doch da *Billy Liar* einer meiner Lieblingsfilme war, wußte ich, daß die Unzufriedenen aus dem Norden, wenn sie konnten, in den Süden flohen.
Einige Jahre später, an einem trüben Nachmittag, verließen ein Freund und ich das Haus und fuhren mit dem Zug von Waterloo zur Küste, und von dort mit der Fähre zur Isle of Wight. Wir hofften hier mitzuerleben, wie Bob Dylan seinen *Subterranean Homesick Blues* vorstellte. In unseren selbstgebatikten T-Shirts und ausgefransten Jeans lagen wir die ganze Nacht im Nieselregen und kehrten am nächsten Tag enttäuscht und ängstlich nach Hause zurück. Meine Mutter rief: »Was

hast du getan?«, als ich das Haus betrat und dabei murmelte: »Nie wieder der Alte, nie wieder der Alte.«

Ich hatte recht. Mein Ausflug machte in der ganzen Schule die Runde. Ich gewann den Respekt der Hippies, die mich bis zu diesem Zeitpunkt ignoriert hatten. Sie luden mich nun zu einer Party ein, auf der ich die Gruppe kennenlernte – dreizehn- bis siebzehnjährige Mädchen und Jungen der näheren Umgebung, die die meisten Abende und sämtliche Wochenenden zusammen verbrachten. Sie rauchten Haschisch oder ›Shit‹, wie man es nannte, und nahmen LSD, sogar während des Unterrichts. In den Häusern, wo die Eltern vorübergehend weg waren, wurden die Partys zu Orgien, bei denen Mädchen und Jungen offen miteinander schliefen und den Partner wechselten. Die meisten Kinder waren, wie auch ich, vor etwas auf der Flucht: ihrem Zuhause. Ich lernte, daß man nicht unbedingt in der Gesellschaft seiner Eltern bleiben mußte. Man konnte raus. Ein ziemlich guter Lehrer hatte mir das Gedicht *On the Move* von Thom Gunn gezeigt, das ich aus dem Buch riß und fortan in der Gesäßtasche meiner Levis trug. Bei Partys legte ich mich dann auf den Boden und deklamierte: *»One is always nearer by not keeping still.«*

Auf geht's.

Schon wieder.

Nachdem wir abgeräumt haben, setzt sich Susan an den Tisch und schreibt die Einladungen für das Kin-

derfest der Jungen. Dann sagt sie, während sie die Einkaufsliste für die nächste Woche zusammenstellt:
»Worauf hast du Lust?«
»Ich möchte jetzt nicht darüber nachdenken.«
»Welche Sorte Eis ißt du gerade am liebsten? Nuß oder Vanille?«
»Weiß ich nicht.«
Sie sagt: »Das sieht dir aber gar nicht ähnlich, daß du nicht an Essen denken magst.«
»Ja.«
Ich überlege, wie gut ich sie kenne. Die Art und Weise, wie sie ihren Kopf zur Seite neigt, und die Grimassen, die sie schneidet, wenn sie sich konzentriert. So muß sie auch als Elfjährige während einer Klassenarbeit ausgesehen haben. Zweifellos wird ihr Gesichtsausdruck auch mit siebzig ähnlich sein, unverändert in ihren Gesten und Bewegungen, während sie einem unserer Söhne einen Brief schreibt.
Wie soll ich sie beschreiben? Ein typisches Bild von ihr würde sie als Jugendliche zeigen, die, früh aufgestanden, in ihrem Zimmer lernt und sich dabei genauso über den Tisch beugt wie heute. Sie würde sich für die Schule fertig machen, ihre Brote schmieren und aus dem Haus gehen, während ihre Eltern noch schliefen. Sie sorgte dafür, daß sie an der Universität Cambridge angenommen wurde, wo sie es einzurichten verstand, die berühmtesten Leute kennenzulernen. Sie geht bei Freundschaften ebenso systematisch vor wie bei allem anderen.

Obwohl wir stets in allen Altersstufen gleichzeitig leben, kann ich nicht behaupten, sie jemals mädchenhaft erlebt zu haben. Sie ist eine effektive, gut organisierte Frau. Unsere Kühl- und Eisschränke sind gefüllt mit Suppen, Gemüse, Wein, Käse und Eiscreme; die Blumen und Sträucher im Garten sind beschriftet; die Kinderkleidung ist gewaschen, gebügelt und gefaltet. Jeden Tag werden Zeitungen, Bücher, Alkohol, Nahrungsmittel und häufig auch Möbel angeliefert. Unsere Auffahrt ist eine Art Durchgangsstraße für die Dienstleistungsindustrie.
Wir haben auch Leute, die zu uns kommen und das Haus putzen, Hemden und Blusen bügeln, den Garten pflegen und die Bäume beschneiden, außerdem Kindermädchen, Babysitter und Au-Pair-Mädchen, ganz abgesehen von Masseuren, Dekorateuren, Akupunkteuren, Finanzberatern, Klavierlehrern, Steuerberatern, hin und wieder einen Drogendealer sowie eine Reihe von Leuten, die all das soeben Erwähnte und einiges des Nachfolgenden organisieren. Wenn eines unserer zahlreichen Geräte nicht mehr funktioniert, kommt jemand, um es zu reparieren, für jedes Gerät ein anderer. Auf einer Tafel finden sich in Kreide sämtliche Anweisungen für die Woche, mehrere davon mit Unterstreichungen. Susan überlegt sich immer neue Verbesserungen. Sie hat auch ganz dezidierte, gedanklich fundierte Ansichten zum neuesten Kinofilm und zur aktuellen Musik. Im Bett liest sie Kochbücher.
Als Kind des unteren Mittelstands, das aus den Vor-

orten kommt, wo Armut und Dünkelhaftigkeit Hand in Hand gehen, merke ich, wie gut es der Mittelstand hat und in welch einer abgeschirmten und abgeriegelten Welt er lebt. Seine Vertreter bewahren Stillschweigen darüber, aus gutem Grund; sie fühlen sich zwar schuldig, stellen aber sicher, daß sie von allem das beste haben, oh, ja.

Wie in jeder anderen Branche kommt es in der Ehe bald zu einer beidseitig akzeptierten Arbeitsteilung und einem Code von Regeln. Doch keiner der beiden Ehepartner ist sich je sicher, ob sie nach denselben Regeln spielen oder ob diese nicht über Nacht geändert wurden, ohne daß der andere davon in Kenntnis gesetzt wurde.

Nicht ihre Schlagfertigkeit oder Schönheit haben mich fasziniert. Die große Leidenschaft gab es zwischen uns nie – vielleicht war das der Punkt. Dafür gab es viel Freude. Am meisten gefielen mir ihre phantasielose Gewandtheit und ihre Fähigkeit zurechtzukommen. Sie stand nicht so hilflos der Welt gegenüber, wie ich mir vorkam. Sie war offen und willensstark; sie wußte, wie man die Dinge angeht. Ich beneide sie um ihre Gabe und wünsche mir, ich hätte die Hälfte davon. Um den Preis, daß ich mich schwach fühle, vermittle ich ihr das Gefühl, stark zu sein. Wenn ich zu stark und tüchtig wäre, bräuchte ich sie nicht, und wir müßten uns trennen.

Susan ist zu klug, um viel Macht haben zu wollen, doch im Büro vertritt sie ihren Standpunkt klar und unmißverständlich. Ihr fällt es leicht, weniger selbstbewußten Menschen das Gefühl der Ineffektivität zu geben. Sie weiß nicht, wie sie sie vor ihrer Energie und Vitalität schützen kann, und versteht überhaupt nicht, daß ich auch die andere Seite sehen kann. Immerhin sei sie klüger als ihre Kollegen und arbeite härter. Wie viele Mädchen, die zum Bravsein und zur Wohlerzogenheit angehalten wurden, so will auch sie gefallen. Vielleicht passen junge Frauen aus diesem Grund so gut in die heutige Arbeitswelt. Sie sind dort willkommen. Nicht, daß Susan nicht rücksichtslos sein kann, darauf bedacht, ihre sympathischeren Eigenschaften zu verbergen. Doch Ehrgeiz ohne Phantasie wirkt immer unbeholfen.

Im Gegensatz zu mir grübelt sie nicht nächtelang über die Großartigkeit und Tiefe ihrer Gedanken nach. Sogar interessante Selbstbeobachtungen hält sie für Zeichen des Sichgehenlassens. Ihr Repertoire an Gefühlen ist dürftig; sie empfände es als beschämend, ihren Launen nachzugeben. So hält sie einen Großteil ihres Selbst verborgen, aus Angst vor dem, was die anderen und insbesondere sie selbst davon halten mögen. Ich würde mich sogar zu dieser merkwürdig erscheinenden Behauptung versteigen: Weil sie noch nie desillusioniert oder enttäuscht worden ist – ihr Leben hat sie niemals entsetzt, und sie würde niemals in ein inneres Chaos versinken –, hat sie sich nicht verändert.

Aber wenn sie die Dinge am Laufen halten will, kann sie herrisch und streng sein, auf harte, uncharmante

Art. Man muß bei ihr aufpassen: Sie weint nur selten, aber bei ihr kann leicht Feuer ausbrechen.
Sie hat zudem eine seltsame Sympathie für den niederen und – wenn möglich – höheren Adel. Ich habe nichts gegen ein bißchen Snobismus, ebensowenig wie gegen einige ziemlich massive Eitelkeiten; sie sind amüsant. Aber ihre Schwäche für jeden, der einen Titel trägt, ist vergleichbar mit der Vorliebe mancher Mädchen für Drummer statt, sagen wir, Baßgitarristen. Mir bleibt dieses Faible für eine Klasse, die nicht einmal am Verrotten, sondern vollkommen uninteressant ist, absolut unverständlich. Natürlich muß man alle möglichen Eigenschaften des Partners – auch die verstörenden – tolerieren, aber was ist, wenn man den anderen überhaupt nicht begreifen kann?
Wenn ich in der richtigen Stimmung bin, kann ich sie zum Lachen bringen, besonders über sich selbst, ein Zeichen von Liebe, da etwas in ihr erkannt worden ist. Sie beneidet mich um meine Unbeschwertheit, glaube ich. Welche Funktionen ich darüber hinaus erfülle, weiß ich nicht genau, obwohl sie schon immer auf mich angewiesen war. Da ich eine Mutter hatte, die nur wenig mit mir anfangen konnte und die ich weder heilen noch ablenken konnte, gefiel es mir, unerläßlich zu werden.
Aber ich bin herumgeschubst und -gestoßen worden, weil ich nicht wußte, was ich wollte, weil ich mich daran gewöhnt hatte, mitzulaufen, und morgen früh werden wir uns küssen und dann trennen.

Nein, vergessen wir den Kuß.
Ich fürchte die Einsamkeit, und ich fürchte andere Menschen, ich fürchte –
»Wie bitte?« sage ich.
Susan sagt etwas – sie bittet mich, meinen Terminkalender zu holen.
»Warum?« frage ich.
»Warum? Sei einfach so nett und tu's. Nun mach schon!«
»Sprich nicht so mit mir. Du bist so barsch.«
»Ich bin zu müde, um lange Verhandlungen über Terminkalender zu führen. Die Kinder stehen um sechs Uhr auf. Ich muß tagsüber zur Arbeit. Was tust du eigentlich nachmittags? Vermutlich schläfst du dann!«
Ich sage: »Du bist aber nicht zu müde, laut zu werden.«
»Das ist die einzige Art und Weise, dich dazu zu bringen, irgend etwas zu tun.«
»Das stimmt nicht.«
»Du raubst mir alle Kraft.«
»Und du erst.«
Ich könnte sie schlagen. Dann wüßte sie es. Doch zu Hause verhalten wir uns gezwungenermaßen wie Politiker. Und dennoch bin ich nahe daran zu sagen: »Susan, verstehst du nicht, merkst du nicht, daß von allen Nächten, die wir zusammen verbracht haben, diese die letzte ist – die allerletzte?«
Normalerweise zügele ich meinen Zorn, denn er kann mich grausam und rachsüchtig werden lassen. In solch einem Augenblick würde ich meine Absichten zu

gerne ausbreiten, nur um der sofortigen Befriedigung willen.
Allerdings sollte ich zufrieden sein. Die Dinge stehen ja nicht gerade so, als ob ich darauf erpicht wäre, ausgerechnet heute nacht herauszufinden, daß Susan und ich tatsächlich gut zusammenpassen.
Ich murmele: »Na gut, na gut, ich mach's ja schon.«
»Endlich.«
Ich schüttele den Kopf über sie.
Manchmal beuge ich mich Susans Willen, aber auf absurde, parodistische Art, und hoffe, sie begreift, wie lächerlich ich sie finde. Aber sie sieht es nicht und freut sich, sehr zu meinem Ärger, über meine Bereitwilligkeit.
Ich sitze mit meinem Terminkalender vor ihr und blättere ihn durch. Nach dem heutigen Datum sind die Seiten leer. Ich habe etwas Platz gelassen für den Rest meines Lebens.
»Die Kinder sehen momentan wunderschön aus, findest du nicht?« sagt sie.
»Sie sind gesund und glücklich.«
»Du liebst sie, nicht wahr?«
»Leidenschaftlich.«
Sie schnauft. »Ich kann mir nicht vorstellen, daß du überhaupt für irgend etwas Leidenschaft empfinden kannst.«
Sie sagt, wie sehr sie sich auf den geplanten Wochenendurlaub freut. Wir werden in dem Landhotel übernachten, in dem wir vor einigen Jahren waren, als sie zum ersten Mal schwanger war. Das Wetter war warm.

Ich ruderte sie über einen See. Wir aßen Muscheln und lasen die Zeitung am Strand. Es wird nur uns zwei geben, ohne Kinder, und die Gelegenheit zum Gespräch.

»Welche Bücher sollen wir mitnehmen?« fragt sie.

»Ich suche später etwas in meinem Arbeitzimmer raus«, sage ich.

»Die Erholung wird uns guttun. Ich weiß, daß hier alles ziemlich angespannt läuft.«

»Meinst du?«

»Du bist bedrückt und gibst dir keine Mühe. Aber ... wir können darüber reden.«

»Worüber?«

Sie sagt: »Über all das.« Ihre Hände zerhacken die Luft. Sie reißt sich zusammen. »Du warst früher ein so zärtlicher Mann. Du bist es immer noch, mit den Kindern.« Sie ruft mir ins Gedächtnis, daß es in der Umgebung des Landhotels historische Wanderwege und Burgen gibt. »Und bitte«, sagt sie, »vergiß wenigstens dieses Mal nicht, deine Kamera mitzunehmen.«

»Ich will's versuchen.«

»Es ist ja nicht nur so, daß du völlig unfähig bist zu fotografieren, sondern daß du überhaupt keine Fotos von mir willst, stimmt's?«

»Manchmal schon.«

Sie sagt: »Nein, nie. Du bietest es nie an.«

»Nein, ich biete es nie an.«

»Das ist schlimm. Du solltest eins auf deinen Schreibtisch stellen, so wie ich es mit dir halte.«

Ich sage: »Mich interessieren Fotos nicht. Und außerdem bist du nicht so eitel wie ich.«
»Das stimmt.«
Ich schreite mit meinem Glas Wein in der Hand auf und ab, voller Unruhe. Sie beachtet es nicht. Für sie ist das ein Abend wie jeder andere.
Angst ist etwas, das ich erkenne. Meine Kindheit schmeckt noch immer nach Angst, nach Stunden, Tagen und Monaten der Angst. Angst vor den Eltern, Tanten und Onkeln, vor den Pfarrern, der Polizei und den Lehrern, und davor, von anderen Kindern getreten, mißhandelt und beleidigt zu werden. Die Angst davor, in Schwierigkeiten zu geraten, entdeckt zu werden, und davor, bestraft, geschlagen, ignoriert, eingesperrt oder ausgesperrt zu werden, sowie vor all den anderen Bestrafungen, die bei jedem Versuch, etwas zu unternehmen, drohten. Und da war auch diese Angst vor dem, was man wollte, haßte oder sich wünschte, die Angst vor der eigenen Wut, die Angst vor Vergeltung und Auslöschung. Im gleichen Maß, wie es Bräuche, Konventionen und Moral gibt, so gibt es auch die Angst vor dem, was später einmal aus einem werden würde. Kein Wunder, daß man sich angewöhnt, nach außen zu tun, was einem gesagt wird, während man in seinem Inneren einen sicheren Ort schafft, um dort ein geheimes Leben zu führen. Vielleicht sind deshalb Geschichten über Spione und Doppelleben so faszinierend. Es ist fraglos ein Wunder, daß jemand überhaupt jemals etwas Originelles tut.

Ich bemerke, daß sie wieder mit mir spricht.
»Übrigens, Victor hat angerufen.«
»Ach, ja? Irgendeine Nachricht?«
»Er wollte wissen, wann du kommst.«
Sie schaut mich an.
»O.K.«, sage ich. »Danke.«
Nach einer Weile sagt sie: »Warum triffst du dich eigentlich nicht häufiger mit Leuten? Ich meine mit richtigen Leuten, nicht nur mit Victor.«
»Ich halte die Ablenkung nicht aus«, sage ich. »Mein Innenleben ist zu turbulent.«
Ich sollte hinzufügen: »Ich hab' schon auf genügend Stimmen zu hören, in mir drin.«
»Ich wüßte nicht, worüber du dir Gedanken machen müßtest«, sagt sie. Plötzlich lacht sie auf: »Du hast nicht viel gegessen. Deine Hose sitzt ganz lose. Sie rutscht dir immerzu runter. Du siehst aus wie jemand vom Bau.«
»Tut mir leid.«
»Tut dir leid? Entschuldige dich doch nicht immer. Das klingt so pathetisch.«
»Manchmal bin ich das auch.«
Sie knurrt. Wenig später steht sie auf.
»Tu das Geschirr in die Maschine«, sagt sie. »Laß es nicht einfach daneben stehen, damit ich es dann einräumen kann.«
»Ich werde es in die Maschine tun, wenn ich fertig bin.«
»Also nie.« Dann sagt sie: »Kommst du mit nach oben?«

Ich schaue sie prüfend und interessiert an und frage mich, ob sie Sex meint – zuletzt haben wir wohl vor über einem Monat gevögelt – oder ob sie will, daß wir lesen. Ich mag Bücher, aber ich will mich nicht dafür ausziehen.

»Gleich«, sage ich.

»Du bist so unruhig.«

»So?«

»Das ist dein Alter.«

»Das wird es wohl sein.«

Als Kind bekam ich so etwas häufiger von Erwachsenen gesagt. »Das ist nur eine Phase.«

Für manche Leute – Buddhisten, glaube ich – ist das ganze Leben bloß eine Phase.

Asif genießt die Wochenenden. Gelegentlich sehe ich sonntags morgens die ganze Familie auf dem Treidelpfad, die Kinder mit gelben Helmen hinten auf den Rädern der Erwachsenen, unterwegs zum Picknick. An der Universität war er der intelligenteste unseres Jahrganges und galt als eine Art Märtyrer, weil er Lehrer wurde.

Aber er wollte nie etwas anderes werden. Kurz nach dem Examen heirateten Najma und er: Eines seiner Kinder mußte viele Monate im Krankenhaus verbringen und hatte Glück, überhaupt zu überleben. Asif wäre darüber beinahe verrückt geworden. Das Kind scheint sich erholt zu haben, aber Asif vergißt keinen Moment, was er beinahe verloren hätte.

Er kommt nicht häufig in die Stadt; die Hektik und der Lärmpegel machen ihn schwindlig. Wenn wir beide uns zu einem »alte-Freunde-Essen« verabreden, bestehe ich jedoch auf einem Treffen mitten in der Stadt. Von der U-Bahn-Station führe ich ihn dann in überlaute Lokale, wo modebewußte junge Frauen in hautengen Kleidern verkehren.

»In was für eine Bildergalerie hast du mich gebracht!« sagt er und reibt sich die Hände. »Verbringst du so dein Leben?«

»Klar.«

Ich weise ihn auf ihre Vorzüge hin und erkläre ihm, daß sie reifere Männer bevorzugen.

»Gibt es so etwas?« sagt er. »Bist du sicher? Hast du sie alle ausprobiert?«

»Das werde ich noch. Champagner?«

»Nur ein Glas.«

»Ich muß eine Flasche bestellen.«

Unsere Unterhaltung dreht sich um Bücher und Politik und um gemeinsame Studienfreunde. Ich habe ihn einmal dazu gebracht zuzugeben, daß ihm die Frage durch den Kopf geht, wie sich wohl ein fremder Körper anfühlt. Doch dann stellt er sich gleich wieder vor, wie seine Frau Blumen im Haus verteilt, während sie auf ihn wartet. Er sagt, er sehe sie in ihrem Négligé auf der anderen Seite des Bettes, zwischen ihnen drei schlafende Kinder.

Ich weiß noch, wie er mir erzählte, wie gerne er ihre Möse leckt. Anscheinend ist er nach so langer Zeit immer noch stundenlang grunzend und schleckend dort unten beschäftigt und fragt sich, ob seine Seele nur durch ihre Ohren aufsteigen wird. Sie massieren sich gegenseitig die Füße mit Kokusnußöl. Im Wintergarten stehen sich ihre Stühle gegenüber. Wenn sie sich nicht gerade über ihre Kinder oder wichtige Tagesprobleme unterhalten, lesen sie sich laut Christina Rossetti vor.

»In fünf Jahren«, sagt er, »werden wir umziehen!«

Wenn er sich nach etwas sehnt – er ist ja nicht dumm –, sehnt er sich nach Dingen, die er bereits hat: im selben Team wie sein Sohn Kricket zu spielen; nach einem Gartenteich mit Fröschen und nach einer Reise zum Grand Canyon. Es ist leicht, sich über bürgerliches Glück lustig zu machen. Doch gibt es eine andere Art? Asif ist ein besonderer Mann, der keine Angst hat, zu seinem Glück zu stehen.

Eines Nachmittags ging ich zu Asif, um meine Kinder abzuholen. Während sie im Garten spielten, saß Najma mit Wachsmalstiften am Küchentisch und malte. Ich liebe es, mir Wachsmalstifte anzuschauen und damit große Bögen bunten Papiers vollzukritzeln. Doch die Heiterkeit in dem Raum bereitete mir Unbehagen, ich weiß nicht, warum. Ich konnte nicht stillsitzen, weil ich sie küssen und ins Schlafzimmer zerren und dadurch anscheinend alles zerschlagen oder auf die Probe stellen oder zumindest sehen wollte, was es war, worin das Geheimnis lag.

Asifs Glück schließt mich aus. Nach einer Weile können wir uns nur noch anlächeln. Ich bekomme ihn nicht zu fassen, im Gegensatz zu Victor. Unglück und Verletzungen faszinieren mich. Das kann ich begreifen, da kann ich mich nützlich machen. In einer Atmosphäre allgemeiner Depression und gedämpfter Schwermut fühle ich mich zu Hause. Wen es zum Unglück hinzieht, dem mangelt es nie an Freunden.

Könnte ich doch nur ihr Gesicht wiedersehen. Aber ich besitze nicht einmal ein Foto.

Der Sinn des Lebens liegt für Aristoteles im »erfolgreichen Handeln« beziehungsweise im Glück, das ihm zufolge untrennbar mit der Lust verbunden, wenn auch nicht mit ihr identisch ist. Mein Unglück dient niemandem: weder Susan noch den Kindern noch mir. Vielleicht ist ja Glück – jener Zustand, in dem Vollkommenheit herrscht, in dem man alles hat, auch Musik – ein Gefühl, das erlernbar ist. In diesem Haus habe ich es jedoch bestimmt nicht gelernt. Vielleicht habe ich es auch nicht gesucht oder es nicht an mich herangelassen. Gelegenheiten dazu gab es zweifellos. Jener Nachmittag, als … Ihre lächelnden Gesichter. Ihre Hand, die …
Und doch: Samtvorhänge, Weichkäse, eine fesselnde Arbeit und Jungen, die auf Hochtouren laufen können, das reicht nicht. Und wenn es nicht reicht, dann reicht es nicht. Unmöglich, damit zu leben. Die Welt wird durch unsere Phantasie geschaffen; unsere Augen füllen

sie mit Leben, unsere Hände geben ihr Form. Durch unser Verlangen gedeiht sie; Sinn ist etwas, das man hineinlegt, nicht herausnimmt. Du siehst nur das, was du zu sehen bereit bist, und nicht mehr. Alles Neue müssen wir erst schaffen.

Asif ist integer und hat Prinzipien. Ohne dabei besonders überheblich zu wirken, scheut er sich nicht zu sagen, woran er glaubt. So lehnte er diesen ganzen Zynismus der achtziger Jahre ab. Seine Überzeugungen geben ihm Festigkeit, Sinn und eine Mitte. Er weiß, wo er steht; die Welt ist für ihn immer erkennbar. Aber warum müssen Menschen mit Talent zum Familienleben so selbstzufrieden sein und davon ausgehen, dies sei der einzig richtige Lebensentwurf, als wäre jeder, der anders denkt, unzulänglich? Warum kann man ihnen nicht vorhalten, ihnen mangele es an der Fähigkeit zur Promiskuität?

Auch ich besitze Integrität, da bin ich mir sicher. Allerdings ist das schwer zu erklären. Ich erwarte, daß Asif meine Art von Rechtschaffenheit kennt, ohne daß ich sie näher erläutern müßte. Vermutlich will ich jetzt einfach etwas anderem gegenüber loyal sein. Oder jemand anderem gegenüber. Ja; mir. Wann fing es an, zwischen Susan und mir schiefzulaufen? Als ich meine Augen öffnete; als ich beschloß, sehen zu wollen.

Vor einigen Monaten gingen wir in sein Arbeitszimmer, und ich bat ihn, Susan zu erklären, ich wäre bei ihm gewesen, als ich bei Nina war.

Er war bestürzt.

»Aber darum kannst du mich doch nicht bitten.«
»Worum?«
»Für dich zu lügen«, sagte er.
»Sind wir nicht Freunde?« sagte ich. »Es handelt sich um eine sinnvolle Lüge. Susan mißtraut mir. Das macht sie unglücklich.«
Er schüttelte den Kopf. »Du bist zu sehr daran gewöhnt, deinen Willen zu bekommen. Du machst sie unglücklich.«
»Ich interessiere mich für jemand anderen«, sagte ich.
»Wer ist sie?«
Ich habe ihm nur wenig über meine Frauenbeziehungen erzählt; er malt sich solch wunderbare Affären aus, daß ich ihn nicht desillusionieren wollte. Einmal sagte er mir: »Du kommst mir vor wie jemand, der immer nur das erste Kapitel eines Buches liest. Du findest nie heraus, was als nächstes passiert.«
Er stellte mir einige Fragen, die erste davon lautete: »Wie alt ist sie?«
Auf seinem Gesicht machte sich deutlicher Widerwille breit; er sah aus, als versuche er, saure Milch herunterzuschlucken.
»Dann geht es nur um Sex.«
»Das auch«, sagte ich.
»Aber die Ehe ist ein Kampf, eine furchtbare Fahrt, ein Aufenthalt in der Hölle und ein Grund zu leben. Du mußt in jeder Hinsicht gewappnet sein, nicht nur im Sexuellen.«
»Ja«, sagte ich dumpf. »Ich weiß.«

Ach, wenn man doch nur in jeder Hinsicht gewappnet wäre.

Ab einem bestimmten Alter erlauben wir nur bestimmten Leuten in bestimmten Umständen, einander zu lieben. In letzter Zeit macht Mutter häufiger Witze darüber, daß sie einen jüngeren Mann will. Auf der Straße schaut sie den Jungen hinterher und sagt: »Der sieht ja gut aus.« Mich schaudert es dabei. Mit achtzig fand Großmutter einen Verehrer, mit dem sie Händchen hielt. Sie begann, Parfüm und Ohrringe zu tragen. Sie dachte, wir würden uns freuen, daß sie nicht mehr alleine war. Wie verzweifelt doch selbst der Rebellischste unter uns strenger Konventionen bedarf! Asifs Lieblingsoper ist jedoch *Don Giovanni*, und *Anna Karenina* und *Madame Bovary* sind seine Lieblingsromane. Samt und sonders Zeugnisse von Feuer und Betrug!
Die Leute wollen nicht, daß man zu viel Vergnügen hat; sie glauben, das sei schlecht für einen. Man könnte es ja plötzlich immerzu wollen. Wie beunruhigend doch alles Verlangen wirkt! Ein Teufel, der nie schläft oder stillhält. Verlangen ist etwa Ungezogenes und paßt nicht zu unseren Idealen, deshalb benötigen wir so viele von ihnen. Verlangen läßt alles menschliche Bestreben lächerlich und lohnend zugleich erscheinen. Verlangen ist der eigentliche Anarchist und Geheimagent – kein Wunder, daß die Menschen es unschädlich gemacht und gut verwahrt wissen wollen. Und

kaum meinen wir, wir hätten das Verlangen unter Kontrolle, macht es uns einen Strich durch die Rechnung oder erfüllt uns mit Hoffnung. Verlangen bringt mich zum Lachen, weil es Narren aus uns macht. Aber lieber ein Narr als ein Faschist.

Als ich rein theoretisch das Thema Trennung anschnitt, meinte Asif: »Ich kann gerade noch verstehen, warum jemand seinen Ehepartner verlassen möchte, aber ich kann überhaupt nicht verstehen, wie es jemand fertigbringt, seine Kinder verlassen zu wollen. Mir kommt schon das Arbeitengehen wie *Sophies Entscheidung* vor.«

Die Männer sind diejenigen, die gehen müssen. Ihnen wird dafür die Schuld zugeschrieben, wie sie mir zugeschrieben werden wird. Ich sehe die Notwendigkeit der Schuldzuweisung ein – der Vorstellung, daß sich jemand hätte anders verhalten können, wenn denn Wille, Mut oder genügend Pflichtbewußtsein vorhanden gewesen wären. Irgendwo muß statt reiner Anarchie eine moralische Verfehlung vorliegen, damit die Idee der Gerechtigkeit und des Sinns in der Welt gewahrt bleibt.

Vielleicht wird Asif das Ganze ansehen, wie man den Tod eines Bekannten betrachten kann – wie dumm von ihm zu sterben. So ein Fehler würde einem selbst bestimmt nie unterlaufen! Es wird ihn schaudern, und er wird froh sein, daß es nicht ihn getroffen hat. Und dann wird er über Frösche nachsinnen.

Du lehntest dich in deinem Stuhl zurück. Es war in diesem Lokal, planlos ausgewählt in Soho, das wir aufgesucht hatten. Ich habe es heute morgen gesucht, um mich zu erinnern. Irgendwie hatte ich gehofft, du würdest dort sitzen und auf mich warten.

An jenem Tag, an dem wir beide nicht aus unserer Verwunderung fanden, hatten wir kaum ein Wort gesprochen. Schließlich strichst du dein Haar hinter die Ohren zurück, damit ich dein Gesicht sehen konnte.

Du sagtest: »Wenn du mich möchtest, hier bin ich. Du kannst mich haben.«

Du kannst mich haben, du kannst.

Aber das war davor.

Bequeme Stühle, alte Teppiche, viele Meter Bücher, Bilder und Stapel von CDs schaffen eine beruhigende Stille. Ich hatte immer schon solche Räume oder Arbeitszimmer.

Hier lese ich und mache mir Notizen, arbeite aber nicht zu Hause. Seit zehn Jahren miete ich eine Busstation entfernt ein Büro, einen Raum, so leer und minimalistisch, wie es irgend geht, und möglichst mit Blick auf ein Treppenhaus, in dem es tropft. Ich arbeite in kurzen Schüben, ohne Unterbrechung, an Textvorlagen oder Originalskripten für Fernsehen und Kino. Ich laufe viel auf und ab, wenn ich nicht gerade durch die Straßen streife.

Ich bin eher ein Techniker als ein Künstler, obwohl ich merke, daß ich mich mit zunehmendem Können mehr in die Geschichten einbringe als früher. Heute arbeite ich gerne an schwierigeren Sachen. Bis ich mich jedoch mit einem Stück befasse, ist der größte Teil der künstlerischen Arbeit bereits getan. Allerdings braucht man schon etwas Talent, um die richtigen Szenen in die richtige Reihenfolge zu setzen. Die Organisation in einem Werk ist wichtiger, als sich die meisten Menschen vorstellen können. Wenn die Autoren von früher doch nur vorhergesehen hätten, daß alle geschriebenen Geschichten für die Leinwand bearbeitet werden würden, hätten sie Leuten wie mir viel Arbeit ersparen können. »Gold in Tand umwandeln«, nennt Asif das.

Ich hole meine kleine Reisetasche aus dem Schrank hervor und öffne sie. Ich starre hinein und stülpe sie mir dann über den Kopf. Was packt man ein, wenn man nicht wiederkommt? Ich werfe ein Buch in die Tasche – etwas von Strindberg, mit dem ich mich gerade beschäftige – und stelle es sogleich wieder in das Regal zurück.

Eine Ewigkeit stehe ich hier und schaue mich um. Ich habe Angst, mich in meinem Haus zu wohl zu fühlen, als ob mein Verlangen nach Veränderung verfliegt, sowie ich mich hinsetze. Über meinem Schreibtisch hängt ein Regal, auf dem ich meine Preise und Auszeichnungen aufhebe. Susan sagt, der Raum ähnele dadurch dem Wartezimmers eines Zahnarztes.

Vielleicht eine Bestandsaufnahme.

Den Schreibtisch, den mir meine Eltern kauften, als

ich meine A-Levels machte, habe ich von einem besetzten Haus zum anderen, durch WGs und Sozialwohnungen geschleppt, bis er schließlich hier landete, in der ersten Wohnung, die mir gehört. Eine gewichtige Entscheidung, eine Hypothek aufzunehmen. Ein Gefühl, als ob man nie wieder einfach so »losziehen« könne.

Ich werde den Schreibtisch für die Jungen zurücklassen. Und die Bücher? Ich kann sie weder ein zweites Mal lesen, noch sie ausrangieren. Ich habe lange genug meine Nase in Bücher gesteckt, zum Teil aus Pflichtbewußtsein, teilweise aus Spaß, teils auch auf der Suche nach der Art von Rückhalt, den mir nur ein lebendiger Mensch zu geben imstande gewesen wäre. Als ich jung war, beging ich häufig den Fehler, mit einem Buch am Anfang zu beginnen und es bis zum Ende durchzulesen.

Eine Zeitlang war ich so etwas wie ein Marxist, obwohl ich mich mittlerweile nicht mehr an die Unterschiede zwischen den einzelnen Gruppierungen erinnere – den Gramsciisten, Leninisten, Hegelianern, Maoisten und Althusserianern. Damals waren die feinen Unterschiede ebenso bedeutsam wie, sagen wir, der Unterschied zwischen Tod durch den Strang oder durch Erschießen.

Auch für Geschichte interessierte ich mich lebhaft: E.P. Thompson, Hobsbawm, Hill. Ich hatte einen Onkel, der sich, als er mittleren Alters war, in den Kopf gesetzt hatte, die römische Geschichte »zu meistern« und Jahre damit verbrachte, die »Klassiker« auswendig zu lernen. Gegen Ende seines Lebens konnte er sich jedoch nur noch an einen Bruchteil davon erinnern und wußte nicht mehr zu sagen, warum und für wen er dieses Wissen angestrebt hatte.

Man mag einwenden, ohne gute Allgemeinbildung sei nichts zu begreifen. Doch heute nacht hilft mir meine Allgemeinbildung auch nicht weiter. Einsamkeit und Sehnsucht halten mich gefangen.

Ich muß etwas tun. Aber was?

Vor allem aber: warum?

Während meines Studiums wohnte ich mit einem Freund zusammen, einem gutaussehenden, intelligenten Mann, der tagelang mit nichts als einer Zigarettenschachtel an einem Tisch zu sitzen pflegte. In der Wohnung konnten die Leute kommen und gehen; sie konnten bedrückt oder unglücklich sein oder auf der Suche nach Vergnügen, nach Sex. Er jedoch saß einfach nur da. Ich weiß nicht, ob er deprimiert, gleichgültig oder stoisch war. Jedenfalls beneidete ich ihn. Er wartete, ohne nach irgend etwas zu streben. Wir überlegten, ob man von zwei Portionen Müsli pro Tag und einer Orange zum Mittagessen würde leben können. Wir fanden heraus, daß man sich wochenlang von dieser Diät ernähren konnte, ohne irgendwelche gesundheitliche Schäden davonzutragen, von den äußerlichen Veränderungen einmal abgesehen. Eines Tages, da bin ich sicher, werde ich erfahren, daß er sich das Leben genommen hat.

Aber die eigenen Gedanken aushalten zu können, während man wartet, bis sich der innere Sturm unerträglicher Gedanken ausgetobt hat, um dann mit einer gewissen Nachsicht die Ruinen zu betrachten – das ist wahrlich ein beneidenswerter Geisteszustand.

Was mich mehr als alles andere verblüfft? Die Tatsache, daß ich mich schon so lange, seit nunmehr zehn Jahren, wie ein Hamster in seinem Rad, mit denselben Fragen und fixen Ideen, denselben geistlosen und unnützen Antworten herumschlage, ohne irgendeinen Erkenntniszuwachs zu verbuchen oder wenigstens erlöst zu werden von dem Bedürfnis nach Wissen. Wie komme ich nur über diesen Punkt hinaus? Ich zieh' aus. Ein Zusammenbruch ist ein Durchbruch ist ein Ausbruch. Das ist doch was.

Man begeht Fehler, wird irregeführt, weicht vom Weg ab. Wenn man seinen kriechenden Fortschritt als eine Art Experiment ansehen könnte, frei von dem Verlangen nach unmöglicher Sicherheit – ohne Wagnis geschieht nichts Interessantes –, würde man womöglich eine gewisse Ruhe erlangen.
Natürlich kann man mit seinem eigenen Leben herumexperimentieren. Doch vielleicht sollte man das nicht mit dem anderer Leute tun.

Ich gehe gerne mit meinen langhaarigen Söhnen um die Mittagszeit zur Schule, ziehe sie hinter mir her und albere mit ihnen herum. Doch sobald wir den viktorianischen Spielplatz erreichen, gemahnen mich der Geruch und verbissene Gesichtsausdruck der Lehrerin – ihre Stimme dröhnt bis zur Straße – an Sinnlosigkeit. Würde die Lehrerin mit mir so reden wie mit meinem älteren Sohn, würde ich ihr eine Ohrfeige verpassen. Wäre ich mutiger, würde ich meine Jungen wieder mit nach Hause nehmen. Doch ich liefere sie ab und verdrücke mich um die Ecke in einen ruhigen Pub, trinke ein großes Guinness, lese Zeitung, rauche eine Zigarette und bin froh, daß es sie trifft und nicht mich.

Meine Lehrer in der Schule beachtete ich nie. Sie langweilten mich und machten mir angst, es sei denn, ihre Beine boten eine gewisse Entschädigung. Die ersten Wochen auf der Universität rüttelten mich jedoch schockartig auf. Ich mußte unbedingt nach Hause, um *Bring es Dir selbst bei*-Bücher und *Ein Führer für Kinder-zu …* zu lesen. Als der Zwang weggefallen und mein Geist angespornt war, verschlang ich Platon, Descartes, Hume, Kant, Marx, Freud, Sartre.

Philosophie war formal, abstrakt und kühl. Ich wählte dieses Fach, weil ich Literatur liebte und keine Geschichten wollte, die bereits theorieverseucht waren. Mir wäre das wie Essen vorgekommen, das andere Leute vorgekaut hatten. Mittlerweile bin ich bereit, wieder ernsthaft zu studieren – Musik, Lyrik, Geschichte. In meinem jetzigen Alter, in dem ich endlich als menschliches Wesen zu begreifen beginne, habe ich das Lernen noch nicht abgeschlossen. Ich weiß, daß ich

mich meiner Unwissenheit nicht länger schäme, daß ich keine Angst mehr habe, Dinge zu mögen.
Während des Studiums gingen wir mehrmals die Woche ins Theater, da meine Freunde als Garderobiere oder Platzanweiser im *Royal Court Theater*, im neueröffneten *National Theater* und in der *Royal Shakespeare Company* in Aldwych arbeiteten. Die Pausen nutzte ich, um irgendwelche Mädchen aus dem Publikum aufzugabeln. Während der langweiligeren Stücke schlichen sie aus dem Zuschauerraum und unterhielten sich mit mir. Ich habe nie erlebt, daß eine Frau die Tatsache, einen Mann in einer untergeordneten Position vor sich zu haben, als abstoßend empfunden hätte. Im Gegenteil: Manche Leute halten dich für um so ›natürlicher‹, je untergeordneter deine Position ist. Die Leute fürchten zu viel Macht im Gegenüber. Aber hatte ich diese Frauen erst einmal erobert, wußte ich nie genau, was ich mit ihnen anfangen sollte.
Noch immer stehe ich aufrecht da, aber irgend etwas bewegt sich, und ich hätte lieber, dem wäre nicht so. Tatsächlich, ich bin es. Anscheinend schwanke ich hin und her.
Ich setze mich einige Minuten still hin, den Kopf in die Hände gestützt, atme tief ein und hoffe auf vollkommene Ruhe. Während einer unserer turbulenten Zeiten nahmen Susan und ich an einem Yogakurs teil, der in einer Sporthalle am Ende der Straße stattfand. Im Kurs waren viele gutaussehende Frauen, meistens in bunten Gymnastikanzügen, und sie alle nahmen auf-

regende Positionen ein, die in den blankpolierten Spiegeln reflektiert wurden. Unter solchen Umständen bereitete mir die geforderte absolute Bedürfnislosigkeit einige Schwierigkeiten. Und während sich unsere Seelen beim gemeinsamen »oommm« zum Nirwana emporschwangen, pochte mein Penis gegen meine Shorts, als wolle er sagen: »Vergiß nicht, daß ich auch noch da bin!« Sexuelle Erlösung ist für die meisten das höchste an Mystizismus, das sie aufbringen können.

Scheiß drauf, ich laß alles hier. Wenn meine Söhne durch diesen verlassenen Raum gehen, werden sie so, vielleicht durch ein Versehen, auf die Schätze stoßen, die sie benötigen.

Nach der Schule oder dem College ging ich in mein Zimmer, stapelte Klassikschallplatten meines Vaters auf den Horn meines Schallplattenspielers und ließ die Symphonien spielen, eine nach der anderen, bis zum Abendessen. Damals galt es als rebellisch, Musik zu mögen, die nicht besser klang, je lauter sie gespielt wurde.

Unruhig an meinem Schreibtisch sitzend, umgeben von den Bücherregalen meines Vaters, griff ich regelmäßig in eines und holte einige Bände hervor. Wie die anderen Männer in der Nachbarschaft investierte auch Vater den größten Teil seiner täglichen Energie in eine Arbeit, die ihn nicht ausfüllte. Zeit war kostbar, und er hatte mich gelehrt, ihre Verschwendung zu fürchten. Doch während ich an meinem Schreibtisch grübelte und in Büchern stöberte, kam mir der Gedanke, daß Nichtstun häufig die beste Art war, etwas zu tun.

Ich werde es bereuen, diesen Raum aufgegeben zu haben. Denn obwohl ich nie in der Kunst der Einsamkeit unterwiesen wurde, sondern sie mir selbst aneignen mußte, so ist sie mir doch ebenso unentbehrlich geworden wie die Beatles, wie Küsse auf meinen Nacken oder Freundlichkeit. Hier kann ich meinen Gedankenimpulsen folgen, wenn ich lese, schreibe, singe, tanze, über die Vergangenheit nachdenke und Zeit verschwende. Hier bin ich vage verspürten Empfindungen nachgegangen und habe unklare, aber dennoch drängende Ideen eingefangen. Ich spreche von dem Glück, nicht sprechen, handeln oder wünschen zu müssen, sondern sich selbst verlieren zu können.

Aber es war in diesem Raum, spätnachts, während die Kinder und Susan schliefen, daß ich den Geräuschen der Straße lauschte und erkannte, wie sehr ich mich nach Kontakt und Gefühlsnahrung sehnte. Es ist mir nie gelungen, mit Susan das Nichtstun zu genießen. Sie hat einen geschäftigen Geist. Man kann solche Menschen, die voller Energie und Elan sind, bewundern. Ihrem Tatendrang haftet jedoch etwas Verzweifeltes an, als hielte ihre Arbeit sie zusammen. In gewisser Weise will ich einfach weniger von allem.

Ich weiß, wie wichtig Väter für Jungen sind. Ich klammerte mich immer an Dads Hand, wenn er die Buchhandlungen der Reihe nach aufsuchte, dabei auf Leitern kletterte und auf Schemel stieg, um verrottende

Bücherbände herunter zu holen. »Wann gehen wir? Wann gehen wir?« pflegte ich zu sagen.

Wie sehr wir doch von der Vergangenheit durchdrungen sind. Wir leben in all unseren Tagen zugleich. Die Autoren, die mein Vater besonders schätzte, gehören nach wie vor zu meinen Lieblingsautoren. Dazu zählen überwiegend Europäer des 19. Jahrhunderts, insbesondere die Russen. Romanfiguren wie Goriot, Wronski, Madame Ranewskaya, Nana, Julien Sorel kommen mir vor, als seien sie ein Teil von mir. Vater nahm mich mit zum Kricket, und um Kriegsfilme zu sehen. Wann immer ich in seinem Zimmer auftauchte, hellte sich sein Gesicht auf. Er liebte es, mich zu küssen. Jahrelang leisteten wir einander Gesellschaft. Er war derjenige, den ich, mehr als jeden anderen, heiraten wollte. Ich wollte genau wie er gehen, genauso reden, lachen und mich kleiden. Meinen Söhnen geht es mit mir ähnlich. Sie wiederholen mit ihren Stimmchen meine Redewendungen, starren mich bewundernd an und streiten sich darum, wer neben mir sitzen darf. Ich aber werde sie verlassen. Was wohl Vater dazu sagen würde?

Was Nina an mir als peinlich empfand, empfand ich an ihm als peinlich. Noch lese ich die Zeitung nicht mit Handschuhen, wie es Vater tat, damit er keine dreckigen Finger bekam. Aber auch ich kenne viele Ladeninhaber der Nachbarschaft und klopfe im Vorbeigehen an ihre Fensterscheiben. Auch halte ich schon einmal an, um ihnen persönliche Fragen zu Einzelheiten ihres Lebens zu stellen. Vater lud jeden religiösen Freak mit einer Plastiktüte voller Pamphlete in die Wohnung ein und verwickelte ihn in heftige Debatten.

Aber mir fehlt seine Freundlichkeit. Von allen Tugenden ist sie die schönste, besonders weil sie nicht als moralische Eigenschaft gilt, sondern als Geschenk. Nina meinte immer, ich sei freundlich; sie erklärte, ich sei der perfekte Mann für sie und besäße alles, was sie sich jemals wünschen würde. Ob sie das auch jetzt noch behaupten würde?

Mein jüngerer Sohn sagte letzte Woche, während wir durch die Straßen gingen und er seine Nase an mein Handgelenk schmiegte: »Daddy, du riechst nach dir.«

Tschüß, ich bin weg.

Vater ist vor sechs Jahren gestorben. Er wäre über mein Davonstehlen entsetzt. Ihm wäre dieser Abgang zumindest als äußerst würdelos erschienen. Jedesmal wenn Susan und ich uns stritten, wandte sie sich an ihn, und er ergriff ihre Partei, rief mich an und sagte: »Sei nicht so grausam, mein Junge.« Er meinte, sie wäre »alles in einem«, sie besäße alles, was ich mir wünschen könnte. Dad verließ seine Mutter im Alter von einundzwanzig Jahren und sah sie nie wieder. Ihm mißfielen Trennungen, und er verhielt sich gerne ritterlich. Er glaubte nicht, daß Frauen für sich selbst sorgen könnten. Der Mann besaß die Macht und mußte der Beschützer sein.

Vater glaubte auch an Loyalität. Der Illoyalität bezichtigt zu werden wäre für ihn ebenso schlimm gewesen wie die Bezeichnung Dieb. Aber wem oder was hätte seine Loyalität gegolten? Schließlich findet sich, wenn nötig, immer irgend etwas, woran man mit aller Macht glauben kann. Wahrscheinlich wäre er der Idee von Loyalität gegenüber loyal gewesen, aus Angst, daß die Welt ohne Loyalität des Mitleids beraubt würde und man selbst ungeschützt dastünde.

Vater war Beamter und arbeitete später als Angestellter bei Scotland Yard. Morgens und am Wochenende schrieb er Romane. Er muß etwa fünf oder sechs fertiggestellt haben. Einige davon wurden von Lektoren gelobt, doch keiner wurde je gedruckt. Sie waren weder besonders gut noch besonders schlecht. Er hat das Schreiben nie aufgegeben; es war alles, was er je wollte. Auf dem Umschlag des Buches, das auf seinem Nachttisch lag, war ein Autor mittleren Alters abgebildet, der auf einem Stoß Bücher saß und eine tragbare Schreibmaschine auf den Knien hielt. Das Buch hieß *Call It Experience*, sein Autor Erskine Caldwell. Unter dem Autorennamen stand der Satz: »Verrät uns die Geheimnisse des Lebens und literarischen Erfolgs eines großen Schriftstellers.« Der Autor sah tatsächlich erfahren aus; er war viel in der Welt herumgekommen, ohne dessen müde zu werden. Er war ein knallharter Typ, ein richtiger Schriftsteller eben.

Die Niederlagen bestärkten Vater in seiner Entschlossenheit. Ich würde sagen, er war mutig und töricht zugleich. Er wollte, daß ich Arzt werde, eine Möglichkeit, die ich durchaus in Betracht zog, allerdings vermutlich nur, weil ich Tschechow bewunderte und

Vater Somerset Maugham mochte. Schließlich erklärte mir Dad, er fände es sinnlos, etwas anzufangen, was mir nicht bis ans Ende meiner Tage Freude machte. In dieser Hinsicht war er sehr weise. Nach der Universität brachte ich es innerhalb weniger Jahre zu Kompetenz und Erfolg. Ich konnte es; ich konnte es einfach. Ob ich den Dreh heraushatte, trickste oder schlicht Talent besaß, wußte ich nicht. Wir waren beide gleichermaßen verblüfft. Kunst ist einfach für die, die sie beherrschen, und ein Buch mit sieben Siegeln, für die, die sie nicht beherrschen.

Was habe ich aus Vaters Leben gelernt? Daß das Leben ein Kampf ist, der zu nichts führt und weder anerkannt noch belohnt wird. Daß die Ehe nur wenig Freude bringt; sie verlangt Durchhaltevermögen wie eine Arbeit, die zu tun man haßt. Man kann sie weder kündigen noch genießen. Sowohl Vater als auch Mutter waren frustriert, weil es keinem von beiden gelang, einen Weg zu finden, um das zu erreichen, was sie wollten, was immer das gewesen sein mag. Nichtsdestotrotz standen sie loyal und treu zueinander und verhielten sich gleichzeitig illoyal und untreu sich selbst gegenüber. Oder habe ich da etwas mißverstanden?

Ich fahre mit der Hand über die CDs, die sich auf jeder freien Fläche stapeln. Klassische aller Perioden, mit dem düsteren Beethoven als meinem Gott; Jazz, zumeist der fünfziger Jahre; Blues, Rock 'n' Roll und Pop, vor allem aus der Mitte der sechziger und von

Anfang der siebziger Jahre. Viel Punk. Der Haß darin, glaube ich, war das Anziehende. Großartige Musik, aber zum Hören völlig ungeeignet.
Victor hat kaum Musik und nur wenig Bücher. In seinem Haus gab es nur die Bibel, die keiner las, nicht einmal das Hohelied. Jetzt begleite ich ihn zu Musikläden, in denen er die CD-Ständer durchwühlt.
»Wer ist das? Was ist das?« sagt er.
Er ist wunderbar hilflos und von meinem Enthusiasmus angesteckt. Ich nahm ihn zu einem Freund mit, der einen Laden besitzt. Dort kaufte er sich einen himmelblauen Anzug, der zwar schockierend, aber nicht abstoßend wirkt, außer in bestimmten Kaschemmen. Er hat sein Haar gefärbt. Womöglich erinnert er ein wenig an einen Dachs; als ich seinen Ohrring sah, bin ich tatsächlich etwas zusammengezuckt. Aber ich lasse mir meine Belustigung nicht anmerken, denn ich finde, daß jeder Schritt in Richtung Erkenntnis eine gute Portion Hemmungslosigkeit erfordert.

Eine Trennung wäre in den fünfziger Jahren für ein Ehepaar der unteren Mittelschicht nicht in Frage gekommen. Meine Eltern blieben ihr ganzes Leben in demselben Haus wohnen. Mutter war nur teilweise anwesend. Den Tag über verbrachte sie meistens in ihrem Stuhl sitzend, unbeweglich und dick. Sie redete selten, außer um zu streiten; sie berührte nie jemanden, weinte häufig und haßte sich und uns alle: ein Stück totes Leben. Sie weigerte sich zu waschen, überall hingen Spinnweben; Teller und Besteck klebten. Wir wechselten so gut wie nie die Kleidung. Jede Anstrengung war zuviel, und sie lebte immer am Rande der Panik, als sei alles im Begriff zusammenzustürzen. Gelegentlich durchwehte sie ein Hauch Leben, gab es ein Lächeln, einen Witz oder sogar eine Unterhaltung. Doch solche Momente waren selten. Mutter verschwand stets wieder. Lange Zeit hatte ich das merkwürdige Gefühl, sie erinnere mich an jemanden, den ich früher einmal kannte.

Irgendwie war ihr das bewußt.

»Egoistisch«, nannte sie sich, weil ihr Geist derartig litt, daß sie nur an sich denken konnte. Sie wußte nicht, wie man sich an anderen Menschen, an der Welt oder am eigenen Körper erfreut. Ich hatte Angst, mich ihr zu nähern, weil ich bei einer solchen Mutter nie wußte, ob sie mich fortschicken oder mich umarmen und küssen würde. Mein Dasein empfand sie als störend. Als Bürde beziehungsweise Störfaktor konnte ich mir nicht erlauben, sie um irgend etwas zu bitten. Aber wenn sie mich auch nicht mochte, so gab ich ihr doch Anlaß, sich Sorgen zu machen. Und ich machte mir Sorgen darüber, daß sie sich sorgte. Unsere Besorgnis kettete uns aneinander. Endlich hatten wir etwas Gemeinsames.

Als ich für den Oscar nominiert wurde und sie anrief, um ihr das zu erzählen, meinte sie: »Heißt das, daß du den ganzen Weg nach Amerika fahren mußt? Das ist aber sehr weit.«

»Danke, daß du dir Sorgen um mich machst«, sagte ich.

Als wir Kinder älter waren, hatten wir nur wenig Geld. Vater weigerte sich, eine andere Stelle zu suchen oder in einen anderen Teil des Landes zu ziehen. Nichts durfte geschehen, bis ihm nicht der Durchbruch gelang. Meine Mutter war gezwungen, eine Arbeit zu finden. Sie jobbte als Aushilfe in der Schulkantine; sie arbeitete in Fabriken und Büros; sie verkaufte in einem Laden. Ich glaube, der Druck und das Zusammensein mit anderen Menschen waren für sie besser, als zu Hause herumzuhocken.

An dem Tag, an dem ich bei meiner traurigen Freundin in London einzog, ging ich heim, um meine Sachen zu holen. Ich dachte, ich würde zum ersten und letzten Mal mein Zuhause verlassen. Ich wußte nicht, daß mir das zur Gewohnheit werden sollte. Meine Eltern saßen in zwei Armsesseln und beobachteten, wie ich meine Schallplatten hinaustrug. Was gab es nun noch für sie zu tun? Hatte ich sie nicht überflüssig gemacht?

Doch nachdem mein Bruder und ich ausgezogen waren, begannen meine Eltern, in Kunstgalerien und ins Kino zu gehen, Spaziergänge zu unternehmen und für längere Zeit in die Ferien zu fahren. Allmählich interessierten sie sich wieder füreinander und konnten nicht genug vom Leben bekommen. Victor behauptet, wenn das Licht einer Liebe erst einmal gedämpft sei, könne man seine Leuchtkraft nicht wieder erhöhen, genausowenig wie ein Soufflé sich wieder aufwärmen

ließe. Meine Eltern aber gingen durch die Dunkelheit und entdeckten eine neue Vertrautheit.
Sollte man sich dann nicht ein wenig anstrengen? Susan wirft mir oft mangelnden Willen vor. Das meinten auch meine Lehrer, wenn sie sagten, ich würde mich nicht konzentrieren. Aber natürlich konzentrierte ich mich. Ich glaube, der Geist konzentriert sich immer – auf etwas, das ihn interessiert. In meinem Fall waren das Röcke und Witze und Kricket und Pop. Auch wenn wir es nicht immer zugeben wollen, wissen wir meistens, was uns gefällt, und unsere Fehler und unwillkürlichen Abstecher sprechen für sich. Vielleicht ist nur das Unverhoffte wertvoll – so wie Ninas Gesicht und die Liebkosung durch ihre langen Finger.
Daß ich Susan nicht liebe, empfinde ich nach wie vor eindeutig als Schwäche, als ein Versagen meinerseits, als meine Verantwortung. Welchen Sinn hat es fortzugehen, wenn sich dieses Versagen bei jeder Frau wiederholt? Müßte dann nicht eigentlich immer eine gepackte Tasche neben der Tür stehen, hinter der ich gerade Zuflucht gefunden habe?
Daran will ich nicht denken.
Meine Tasche steht vor mir auf dem Boden.
Ich werde auf dieser Reise Stifte und Papier benötigen. Schließlich möchte ich nicht, daß sich irgendein wichtiges Gefühl verflüchtigt. Wie ein Detektiv werde ich meine Gefühle verfolgen, nach Hinweisen auf das Verbrechen Ausschau halten und alles notieren, während ich in meinem Inneren lese. Ich strebe nach absoluter

Aufrichtigkeit, die über das übliche »Ach-was-bin-ich-schrecklich« hinausgeht. Wie ich zu schreiben beliebe? Mit einem weichen Bleistift und einem harten Schwanz – nicht umgekehrt.

Mir gefällt Papier jeglicher Art: cremefarbenes, weißes, gelbes; dickes, dünnes, liniiertes oder unliniiertes. In meinem Schrank liegen mindestens fünfzig Notizhefte, von denen jedes einzelne mich, als ich es kaufte, mit gespannter Erwartung auf das erfüllte, was noch gesagt werden mochte, auf neu zu entdeckende Gedanken. In jedem Heft liegt ein weißer Bogen Löschpapier zwischen Seiten, die allesamt leer sind, außer der ersten Seite, auf die ich für gewöhnlich so etwas schreibe wie »In diesem Notizheft werde ich festhalten, was immer mir durch den Kopf geht, bis im Laufe der Zeit vor meinen Augen ein Bild von mir entsteht, aus wichtigen Fragmenten zusammengesetzt ... Und dann – nichts. Ich erstarre, so wie man es tut, wenn die Dinge ungebührlich interessant werden.

Ich habe versucht, jedes Notizbuch einem bestimmten Thema zu widmen: Büchern, die ich gerade lese, Gedanken zur Politik, meinen Problemen mit Mutter, Susan, aktuellen Geliebten etc. Aber sobald ich beginne, muß ich plötzlich meinen tropfenden Füller auswaschen, ihn neu auffüllen, die Feder ausprobieren und mir darüber Gedanken machen, warum die Tinte nicht richtig fließt. Es gibt kaum ein exquisiteres Instrument als einen Füller, der über hochwertiges Papier fährt, wie ein Finger über junge Haut.

Aber irgendwie bin ich eher für wüstes, unkontrolliertes Kritzeln auf Schmierpapier geschaffen, mit alten Kugelschreibern oder kurzen, weichen Bleistiften.
Als Kinder mußten wir manchmal als Hausaufgabe einen Aufsatz zum Thema schreiben »Was ich heute getan habe«. Jetzt würde ich gerne eine Liste zusammenstellen: Was ich heute nicht getan habe. Die Dinge, die ich in meinem Leben nicht getan habe.
Ich denke an all die Leute, die ich kenne (später kann ich ihre Namen in das entsprechende Notizbuch eintragen), und überlege, wer von ihnen gut zu leben versteht. Wenn Leben eine Kunst ist, dann wahrlich eine merkwürdige, eine alles umfassende Kunst, vor allem die der hochgestimmten Freude. Ihre vollentwickelte Form schlösse eine Reihe eng verwobener Eigenschaften ein: Intelligenz, Charme, Glück, natürliche Tugendhaftigkeit, dazu Weisheit, Geschmack, Wissen, Verständnis und die Anerkenntnis, daß Schmerz und Streit Bestandteile des Lebens sind. Wohlstand würde nicht unbedingt dazugehören, dafür aber Intelligenz, ihn – wo nötig – zu schaffen. Die Leute, von denen ich glauben darf, daß sie Talent zum Leben besitzen, sind Menschen, die ein freies Leben führen, großartige Projekte entwerfen und diese verwirklicht sehen. Sie sind auch die beste Gesellschaft.

Victor und ich saßen neulich in unserer Lieblingskneipe und schauten uns im Fernsehen Fußball an. Er sagte: »Wenn ich jetzt daran denke, wie meine Frau und ich über all diese trostlosen und mühseligen Nächte und Jahre hinweg zusammengeblieben sind, dann kann ich das überhaupt nicht mehr verstehen. Vielleicht war es eine Art verkehrter Idealismus. Ich hatte mein Wort gegeben und wollte es um jeden Preis halten. Aber warum? Die Welt könnte sich nie wieder von der Auflösung meiner Ehe erholen. Mein Urvertrauen würde unwiederbringlich zerstört. Ich glaubte daran, ohne zu wissen, wie sehr. Es war blinde, törichte Hörigkeit und Unterwerfung. Wahrscheinlich war das die einzige Art religiösen Glaubens, die ich je besaß. Früher meinte ich, in mir wäre etwas Radikales, und doch konnte ich die Bande, die mich am stärksten fesselten, nicht zerschlagen. Sagte ich zerschlagen? Ich konnte sie ja noch nicht einmal wahrnehmen!«

Lieber Gott, lehre mich die Sorglosigkeit.

Komm schon. Weiter geht's.
Was trägt man als Ausreißer? Das ist wichtig. Vielleicht sollte ich eine Liste erstellen, wie Susan es mir beigebracht hat. Bei Victor werde ich meine Kleidung nicht richtig unterbringen können. Dabei bin ich in dieser Hinsicht reichlich pingelig. Besser wäre es, das meiste hierzulassen. Doch wenn Susan auch nur ein wenig Stil hat, wird sie mein Vivienne-Westwood-Jacket zerfetzen. Sollte mein Weggang völlig unbeachtet bleiben, gäbe mir das einen ziemlichen Dämpfer – ein gewisses Maß an Raserei scheint mir angebracht. Zu den

Schuhen: Ich kann nur wenige Paare mitnehmen, aber ich brauche einige, die sowohl modisch als auch bequem sind, um mir Mut zu machen.

Ich besitze verschiedene Anzüge, von denen ich zu verschiedenen Zeiten immer einen gerade bevorzugt trage, und zwar vornehmlich, wenn ich mittags essen gehe, ein Ereignis, auf das ich mich schon morgens zu freuen beginne, da es das erste Mal am Tag ist, daß ich andere Menschen sehe. Diese Woche gilt meine Vorliebe dem zweireihigen Nadelstreifenanzug mit den vier Knöpfen. Die Hose verjüngt sich nach unten und hat vorne flache Taschen. Dazu trage ich dunkelblaue Wildlederschuhe. Insgesamt gibt es mir das Gefühl, zwar durchaus gebieterisch, aber nicht wuchtig zu wirken. Ich bin überzeugt, daß ich darin in Geschäften zuerst bedient werde und die Leute herablassend behandeln kann. Ich werde diesen Anzug für all die Bar- und Restaurantbesuche brauchen, die ich mit Victor unternehme, schon allein als Kontrast zu seiner himmelblauen Nummer. Aber ich kann nicht jeden Tag so angezogen herumlaufen. Ich werde auch andere Kleidung benötigen.

Um mich aufzumuntern, habe ich vor ein paar Tagen einen braunkarierten Anzug gekauft, ein leichtes Teil für den Sommer. An dem Anzug muß einiges geändert werden, so daß er erst in ein paar Tagen geliefert werden wird. Ich habe auch einige Hemden gekauft, kann mich aber nicht mehr erinnern, wie viele und in welchen Farben. Ich kann nicht allein deswegen hier bleiben; ich werde das Geschäft anrufen und veranlassen müssen, daß das Zeug woanders hingeschickt wird. Ich kann es ja jetzt noch gar nicht tragen. Und bis das Wetter etwas wärmer geworden ist, bin ich bereits länger fort.

Ich nehme mein signiertes Foto von John Lennon von der Wand und lege es in die leere Tasche. Das muß mit. Auch einige CDs. Alfred Brendel oder Emil Gilels? Marvin Gaye oder Otis Redding? Vielleicht sollte ich nicht vergessen, daß ich dabei bin abzuhauen und keinen Auftritt bei *Desert Island Discs* habe. Und doch kann ich noch immer nicht den Anfang von *Stray Cat Blues* hören, ohne sogleich mit einem Teenager nach Spanien trampen zu wollen. Ich würde mir auch eher die Hot Rats anhören, als Sartre, Camus, Ionesco, Beckett und die anderen Dichter der Einsamkeit und des Grauens zu lesen, die mich als junger Mann aufrichteten. Wahrscheinlich gehört es zum Menschsein, daß wir letztlich isoliert sind und einsam sterben werden. Doch heute nacht, während ich hier stehe, sehne ich mich derart danach, die Hand nach jemandem auszustrecken, daß ich mit der Faust durch das Fenster schlagen könnte.

Geduld ist eine Tugend, jedoch nur bei Kindern und Gefangenen. Weder Susan noch ich sind besonders impulsiv. Auf typische Mittelstands-Art schmiedeten wir Pläne und zügelten unseren Leichtsinn, während andere ausgelassen und verschwenderisch lebten – wie beneidete ich andere um jede verlängerte Ausschweifung –, um all das zu bekommen, was wir haben. Ich hatte einmal einen Lehrer, der immer wieder betonte, jedes Extrajahr in der Ausbildung brächte fünftausend Pfund mehr Lebenseinkommen. Ich war auch in der Lage, um fünf Uhr aufzustehen, das Haus zu verlassen und mich um fünf Uhr fünfundvierzig an meinen Schreibtisch zu setzen. Besonders bin ich über mich hinausgewachsen, wenn es darum ging, etwas aufzugeben, das ich mochte – es macht keinen Spaß, Dinge aufzugeben, die keinen Spaß machen. Wenn ich entnervt bin, suche ich nach etwas Schönem, um es aufzugeben. Victor aber sagt – oder sagt es sein Therapeut, heutzutage sind diese Verschwörer allzu leicht zu verwechseln –, Toleranz könne auch zur schlechten Gewohnheit werden. Ab sofort werde ich das Aufschieben vertagen, jawohl. Ich packe es an. Ich will es – jetzt, sofort.

Ich habe angefangen zu trinken. Noch einen Schluck, dann stelle ich die Bierflasche weg.

Schau dich um, und du wirst sehen, wie wenig Offenheit es gibt. Wir müssen die Dinge durch Anspielungen verdeutlichen. Was ist das Ganze für ein überflüssiger und beängstigender Tanz, als seien unsere Gefühle tödliche Waffen und unsere Worte die dazugehörige Munition. Ich gehe jetzt hoch, setze mich auf die Bettkante und sage Susan entschlossen und ehrlich, daß ich ausziehen werde. Ich kann nicht noch eine weitere Nacht hierbleiben. Was hätte das für einen Sinn? Wie absurd anzunehmen, man könnte sich darauf vorberei-

ten! Mir bleibt nur das Unbekannte, und die Notwendigkeit, damit zurechtzukommen. Ich werde packen, die Kinder küssen und fortgehen! Dann ist das erledigt, und ich bin weg.
Ja!

Meine Kinder durchwühlen ihre Spielkiste, werfen das vormals Geliebte achtlos beiseite, um schließlich das hervorzukramen, was sie zu ihrer Unterhaltung brauchen. Mir geht es nicht anders mit Musik, Büchern, Bildern, Zeitungen. Können wir bei Menschen ebenso verfahren? Das würde als Oberflächlichkeit gelten. Wir müssen andere so behandeln, als seien sie echt. Aber sind sie das?
Andererseits, wie komme ich dazu, anzunehmen, ich sollte auch bekommen, wonach mich verlangt? Man kann ja wohl nicht in einem fort die Menschen auswechseln, die einem nicht geben, was man braucht? Es muß doch andere Möglichkeiten der Daseinsfestigung geben – in Bildern, Büchern, im Tanz – auch in einem selbst. Doch all diese Sinnstiftungen werden erst durch Liebe und Verlangen verzaubert, ja, eigentlich erst durch sie geschaffen.
Susan ist vier Jahre jünger als ich und findet, daß wir in einer egoistischen Zeit leben. Sie spricht von einem Thatcherismus der Seele, der sich einbildet, daß die Menschen nicht aufeinander angewiesen sind. Heutzutage geht es in der Liebe wie auf dem freien Markt zu; abklappern und aufkaufen, aussuchen und auswählen,

anmieten und abstoßen, ganz wie man lustig ist. Weder sexuelle noch soziale Sicherheit spielen eine Rolle; jeder muß für sich selbst sorgen, oder auch nicht. Selbsterfüllung, Selbstprofilierung und »Kreativität« sind die einzigen Werte.

Susan würde sagen, wir benötigten andere gesellschaftliche Tugenden. Doch welche? Wahrscheinlich die unangenehmen, wie Pflicht, Opferbereitschaft, Verantwortungsgefühl anderen gegenüber, Selbstdisziplin.

Wenn sie solche Reden führt, frage ich mich, ob wir nicht eine besonders privilegierte und verwöhnte Generation sind. Aufgewachsen zwischen den Entbehrungen der Nachkriegszeit und den Grausamkeiten der achtziger Jahre sind wir Kinder unschuldigen Konsums und Erben jener Freiheiten, die die rebellierende Generation vor uns in den sechziger Jahren erstritten hatte. Wir kamen in den Genuß einer freien, vorzüglichen und doch irgendwie trödelnden Ausbildung, lebten dann die nächsten fünf Jahre von der Stütze, um unseren selbstgerechten politischen Überzeugungen hinterherzujagen, und begannen schließlich, in der Medienwirtschaft zu arbeiten und viel Geld zu verdienen. Weder Moral noch Religion hemmten uns sonderlich. Musik, Tanz, Ficken bis zur Besinnungslosigkeit, das waren unsere Götzen. Wir brüsteten uns, die freiesten Menschen aller Zeiten zu sein.

Wie die Hippies hatten wir für den Materialismus nur Verachtung übrig. Und doch lebten wir weniger in den Tag hinein als die wahren »Häuptlinge«. Wenn wir alles hinwarfen, um Schreiner oder Gärtner zu werden, taten wir es, um die Erfahrungen der Arbeiterklasse zu teilen. Wir waren eine ernste und moralisierende Generation mit extremen politischen Ansichten. Wir waren die letzte Generation, die den Kommunismus verteidigte. Ich kannte Leute, die in die Ferien nach Albanien fuhren; die Strände sollen übrigens hervorragend sein. Ein Bekannter unterstützte die Sowjetunion am Tag des Einmarsches in Afghanistan.

Dem Thatcherismus begegneten wir mit Ablehnung und Verächtlichkeit und waren so sehr Opfer unserer ideologischen Verblendung, daß wir seinen Reiz nicht wahrnehmen konnten. Was nicht bedeutet, daß wir ihn nicht bekämpft hätten. Ich erinnere an den Streik der Minenarbeiter und die Kämpfe um Wapping. Wir blieben entnervt und verwirrt zurück. Binnen kurzem wußten wir nicht mehr, woran wir glauben sollten. Einige blieben der Linken treu; andere zogen sich auf das Gebiet der Sexualpolitik zurück; ein paar wurden Thatcheristen. Wir gehörten zu den Leuten, die der *Labour Party* das Wasser abgruben.

Nichtsdestotrotz habe ich nie verstehen können, wie man Gier zum politischen Credo erheben konnte. Warum sollte irgend jemand ein politisches Programm auf bodenloser Unzufriedenheit und der Aussichtslosigkeit des Glückserwerbs gründen? Vielleicht machte genau das seinen Reiz aus: die Verheißung von Luxus, die in der Tat zu endloser Arbeit führte.

Meine Freunde und ich reden über Kultur, unseren

Seelenzustand und unsere Arbeit. Nur selten über das, was sein könnte; wir sind angepaßt, nicht revolutionär. Revolutionen gab es genügend. Wenn Marx, der Chefideologe der ersten Hälfte dieses Jahrhunderts, unser Erzeuger war, dann war Freud unser neuer Vater, als wir uns unseren Innenwelten zuwandten. Zweifellos ist die Welt, in der wir unser Berufs-, Liebes- und Freizeitleben meistern, eine Welt mit anderen, die zur Zeit gern in einer Sprache beschrieben wird, die der Psychoanalyse entlehnt ist. Die meisten meiner Freunde scheinen die meiste Zeit in der Horizontalen zu verbringen, ob sie nun schlafen, vögeln oder auf der Couch ihres Therapeuten liegen oder sich telefonisch über ihre »Beziehungskisten« austauschen.
Die Frauen, glaube ich, hatten das Glück, sich in zwei Richtungen gleichzeitig zu begeben, auf sich selbst zu und hinaus in die Weltgeschichte. Sie analysierten ihr Leben genauer als wir; sie experimentierten; die interessanten Frauen veränderten sich stärker als wir. Was bleibt? Die Freiheiten, die Nina für selbstverständlich hält, eine ungebundene Frau, die durch die Stadt tanzt. Alles wird aufgesaugt.
Ich habe Susan nie geheiratet. Sie hat mich mehrere Male in den verschiedensten Stimmungen darum gebeten, wahrscheinlich in der Hoffnung, mich mit der einen oder anderen zu rühren oder zu erheitern. Vielleicht hat mich ihre Schwäche für Hochzeiten gestört und ihre Vorliebe für Chiffon und diese dicken Einladungskarten aus Pappe mit eingestanzter Schrift. Na-

türlich bereitete es mir Vergnügen, sie zu der einzigen unverheirateten Frau im Kreis ihrer ehemaligen Studienfreunde zu machen. Sie lernte, daß ihre Liebe Opfer verlangte. Außerdem stand für mich fest, daß Nicht-Heiraten eine notwendige Rebellion darstellte. Die Familie erschien mir nur als ein Instrument zur Unterwerfung und Verfremdung freier Menschen. Wir würden unsere eigenen, persönlichen und flexiblen Vereinbarungen treffen.

Die Gründe, die für die Institution Ehe sprechen, sind mir hinlänglich dargelegt worden – sie sei ein Sakrament, ein Schwur, ein Versprechen und dergleichen mehr. Oder eine tiefe und unwiderrufliche Verpflichtung ebenso gegenüber dem Prinzip wie gegenüber der Person. Allerdings kann ich mich nicht mehr genau an das Gewicht oder an die Einzelheiten der verschiedenen Argumente erinnern. Gibt es jemanden, der das kann?

Asif würde das wissen. Er ist ein Intellektueller. Doch selbst er läßt seine Zunge nicht aus Prinzipientreue im Loch seiner Frau kreisen.

Ich habe Nina gebeten, mich zu heiraten.

»Ich kann nicht«, sagte sie.

»Ich frage kein zweites Mal.«

»Doch, frag«, sagte sie. »Frag.«

Victor meint, heiraten sei zu teuer. Die Frauen nähmen dir dein ganzes Geld.

Ich kann nicht behaupten, Nina hätte jemals um etwas

gebeten. Sie war zu stolz und hatte zu große Angst vor Veränderungen. »Ich will nicht eine dieser wohlgenährten Frauen sein«, sagte sie immer. »Noch nicht«, erwiderte ich dann.

Wann immer ich anbot, ihr Geld zu schenken oder zu leihen, schaute sie entsetzt drein, als ob dadurch alles an Wert verlöre, daß es plötzlich so einfach gemacht wurde. Entbehrungen gehörten zu ihrem Leben, die Liebe einbegriffen. Manchmal ist das Zuviel genauso unzuträglich wie das Zuwenig.

Anderer Leute Gefühle teilen sich einem mit. Mutter wollte fortgehen. Sie blieb da; immer würde sie dableiben müssen. Die Frauen ihrer Generation besaßen kein eigenes Geld und konnten nirgendwo hin. Immerhin standen ihnen Fernseher und Kühlschränke zur Verfügung. Innerlich befand sie sich auf der Flucht – vor mir; vor uns allen. Kinder hindern dich am Leben. Das war die Botschaft, die ihr Unglück an uns richtete. Entweder die Kinder oder du.

Mutter wird über mein Fortgehen nicht viel sagen. Mittlerweile fürchtet sie mich ein wenig, nachdem sie mich so sehr verärgert hat. Allerdings wird sie sagen, daß es den Kindern nicht guttut. Merkwürdig, wie häufig die Bedürfnisse der Kinder haargenau mit den Meinungen ihrer Eltern übereinzustimmen scheinen.

Susan arbeitet nicht nur bis sieben, sie nimmt auch noch an Abendessen teil, geht ins Kino oder ins Theater und sitzt in irgendwelchen Gremien. Sie mag vielleicht erschöpft sein, engagiert ist sie allemal. Wenn ich fort bin, wird hier Verwüstung herrschen. Eine einsame Frau mittleren Alters mit Kindern hat nicht viel zu bieten, und Susan ist sich immer ihres Status bewußt. Erfolgreich und gutsituiert, wie ich bin, galt ich als guter Fang, damals. Ich bekam viele Aufträge, besonders aus Amerika. Bei meiner Arbeit war ich nicht wählerisch, wahrscheinlich nicht wählerisch genug. Dabei steht Talent immer hoch im Kurs, alles und jeder verlangt danach. In gewissen Stimmungslagen hat sie es auch schon dazu gebracht, stolz auf mich zu sein. Ein Mann vermag einer Frau Ernst und Licht zu geben. Vielleicht würde sie lieber in einer zerrütteten, ausgebrannten Partnerschaft leben als in gar keiner. Wenigstens hat man dann jemanden, der den Mülleimer leert. Leider wird sie zur Empfängerin von Mitleidsbekundungen werden. Bei Abendgesellschaften wird man geschiedene Männer neben ihr plazieren. Schließlich wird sie auch ohne mich zurechtkommen. Meiner Meinung nach fährt sie sogar besser ohne mich, auch wenn sie es jetzt noch nicht einsehen kann. Aber gilt das auch für mich?

In letzter Zeit taucht vor meinem geistigen Auge ein verführerischer Traum von Selbstgenügsamkeit auf: eine kleine Wohnung, eine Katze, Bücher, Fernsehen, Musik, eine Cannabispflanze, Freunde zum Abendessen; sonntags dann ein Museumsbesuch, gefolgt von einer Busfahrt bis zur Endstation mit einem meiner

Söhne. Allein, aber nicht einsam. Bevor Susan und ich wieder zusammenkamen, lebte ich auch alleine. Man könnte sagen, der erste Junge sei aus der Isolation heraus gezeugt worden, wenige Monate nach Vaters Tod. Ja. Ich begreife das Verlockende der Selbstgenügsamkeit, der Vorstellung, wir könnten alles, was wir brauchen, aus unserem Inneren schöpfen, und unsere Selbstliebkosungen wären genauso schön wie die Zärtlichkeiten von einem anderen. Aber ich möchte nicht wieder verführt werden. Ich werde mich anderen Menschen in die Arme werfen, mich restlos hingeben, nicht am Rande des Lebens herumlungern.

Victors Wohnung liegt in einem modernen Bohème-Viertel der Stadt. Dort wird es genügend Bars und Restaurants geben, die wir abends besuchen können. Aber den Großteil seines Besitzes hebt er in Koffern auf, und seine dreckige Wäsche liegt auf einem Haufen in einer Ecke, zuoberst ein feuchtes Handtuch. An Küchenvorräten finden sich lediglich ein Laib Brot, ein Stück ranzige Butter und mehrere Marmeladengläser, die er in Hotels hat mitgehen lassen. Um nicht auf der Strecke zu bleiben, nimmt Victor jede Menge Vitamintabletten zu seinem Bier.

Von Zeit zu Zeit ist Victors Verstand gestört. Dann dröhnt es in seinem Kopf, als sei dieser eine Steinzeithöhle, bewohnt von Totengeistern. Solche Qualen habe ich stets als Zeichen intensiven Lebens gedeutet. Victor sehnt sich nach Lebensqualität, womit er eine

Gefühlsqualität, keine materielle meint. Aber möchten Sie mit so einem Menschen leben? Dreimal die Woche weint er sich bei seinem Therapeuten aus. Seit fünf Jahren geht das so, und noch immer keine Heilung in Sicht. Sein Therapeut hat ihm erklärt, er müsse sich aussprechen. Sie geben solche Ratschläge, ohne an die Öffentlichkeit zu denken. Wer sagt denn, sich auszusprechen bewirke seelisches Gleichgewicht? Schauen Sie sich die Künstler an: jeden Tag nichts als Kunsttherapie. Man möchte meinen, es wären die ausgeglichensten Menschen der Welt, wie Van Gogh, Rothko und all die anderen.

Victor entwickelt ein gewisses Konkurrenzdenken, wie alle Männer. Er will haben, was ich habe, und er will so sein wie ich. Zu sein wie er ist schmerzlich, aber er verlangt zuviel, und mitunter haßt er mich dafür, daß ich bin, wie ich bin.

Ich schalte das Licht aus und sehe mich plötzlich die Stufen zum Schlafzimmer hinaufsteigen. Was tue ich da? Wenn dies meine letzte Nacht hier ist, wenn dies meine buchstäblich letzten Stunden sind, sollte ich dann nicht besser packen und mich fertig machen? Bald werde ich tot sein. Ist dies wirklich die letzte Nacht? Nein, nein, nein, niemals. Nicht wirklich. Ich habe mir nur etwas vorgemacht. Vielleicht sollte ich es dem Zufall überlassen. Was für eine glänzende Idee. Wenn sie wach ist … was dann? Ich weiß. Ich werde mich ein wenig mit ihr unterhalten – schließlich hat sie mich früher bereits aus der Verirrung gelotst. Dann werde ich schlafen und am nächsten Morgen wie üblich weitermachen. Ich werde froh sein, diese lehrreiche und mächtige Unzufriedenheit ausgestanden zu haben.

Ich lasse im Flur das Licht an. Ich betrete das Schlafzimmer.

Ich kann dein Haar zwischen dem Wirrwarr von Decken und Kissen ausmachen. Ich stehe da und betrachte dich.

Ich wünschte, du wärst jemand anderes.

Ist es denn zuviel, sich zärtliche und absolute Intimität zu wünschen? Ist es zuviel verlangt, in jemandes bereitwillig geöffneten Armen schlafen zu wollen?

Seit unserem letzten Fick sind Wochen vergangen. Ich habe aufgehört, mich Susan auf diese Weise zu nähern, weil ich sehen wollte, ob sie mich, zufälligerweise, irgendwie begehrt. Ich habe auf einen Funken Interesse gewartet, ganz zu schweigen von Lust oder Vergessen. Ich bin wie ein Hund unter dem Tisch, der darauf hofft, daß ein Keks für ihn abfällt. Nicht ein Krümel.

Ohne mich auszuziehen, lege ich mich aufs Bett. Das gelbe Licht der Laterne auf der gegenüberliegenden Straßenseite teilt das Zimmer in Streifen. Es hat eine grelle, widerliche Farbe und erinnert mich an den Geruch von Gas. Ich blicke zur Decke, zu der Stelle, an der das Dach undicht ist. Irgend jemand muß kommen und das in Ordnung bringen. Ohne mich und mein

Autoritätsgebaren könnten die Handwerker Susan übers Ohr hauen.

Von der Straße dringen laute Stimmen herauf. Beinahe jede Nacht kommt es hier zu irgendwelchen Auseinandersetzungen. Meine Nachbarn lassen keine Gelegenheit aus, um sich zu prügeln oder sich Schlimmeres anzutun. Alle paar Monate wird ein Auto in Brand gesteckt.

Unser Viertel ist eine bunte Gegend: makellos aussehende schwarze Frauen in weißen Oberteilen, Kopftüchern und langen Röcken gehen zum nahe gelegenen Farrakhan-Zentrum, die Männer im Anzug und mit kleiner, roter Fliege. Dünne, tüchtige weiße Jungen in kurzärmeligen Ben Shermans, mit kurzgeschnittenem, gepflegtem Haar hasten zu Kämpfen und haben Chipstüten dabei. Schwarze Männer in löchrigen Hemden und unförmigen Hosen schlurfen zum Pub an der Ecke. Elegant in Schwarz gekleidete Frauen mit Aktentaschen gehen zur Arbeit oder kommen von dort zurück. Vor den Pubs warten Frauen mit Kinderwagen – die kleinen Mädchen bereits mit durchbohrten Ohrläppchen – und brüllen durch die offene Tür ihre auf Dauer kaltgestellten Männer an, die den Bildschirm des Fernsehers anstarren. Die Supermärkte haben Wachposten angestellt, die dich in ihren schlecht sitzenden Uniformen vom Ende des Gangs beobachten, wie du aus Versehen Obst umwirfst.

Viel zu stehlen gibt es nicht. In meinem Kühlschrank befindet sich mehr als in den meisten der Läden. Man fragt sich, warum sich die Leute damit zufriedengeben. Sie haben sich daran gewöhnt; sie können sich nicht vorstellen, daß das Leben auch anders sein könnte. Mich erstaunt nicht, wie viel die Menschen verlangen, sondern wie wenig.

Das Viertel ist nicht sicher, und morgen früh gehe ich fort. Ich erinnere mich, daß Victors Frau ihn, nachdem er sie verlassen hatte, eiligst anrief, um ihm zu sagen, man hätte versucht, bei ihr einzubrechen. Als er zu Hause ankam, mußte er überrascht feststellen, daß die Fenster tatsächlich eingeschlagen waren – von innen.

Nun ist mir warm, und ich werde schläfrig. Das Bett ist bequem. Im Haus herrscht Stille; die Kinder liegen sicher und gesund im Bett und schlafen. Sie hat ein köstliches Essen zubereitet. Der Wein ist ausgetrunken, und ich schwenke behaglich meinen Brandy in dem Glas, das sie mir gegeben hat.

In Indien wird anscheinend nicht soviel Wert auf romantische Liebe gelegt. Die Paare schlafen miteinander, wenn nötig, und führen ansonsten ihr eigenes Leben. In Lahore lebt mein Onkel mit seinen Söhnen, seinen drei Brüdern, seinen Freunden und all jenen, die Lust haben, für ein paar Jahre zu bleiben, in einem Trakt des Hauses, während meine Tante, ihre Töchter und die Dienerinnen sowie die Kinder in einem anderen leben. Zuweilen treffen sie sich, aber es gibt kein Theater.

Vielleicht ist die Idee, die Frauen zwar in der Nähe, jedoch nicht zu nah zu haben, nicht schlecht. Vermutlich unterdrücken sie drüben ihr Verlangen, doch ich

gehöre einer Generation an, die daran glaubt, die eigenen Wünsche ausleben zu müssen.
Vielleicht; doch ich habe meine Lebenslust verloren. Ich bin apathisch und wünsche mir meist nichts, außer vielleicht zu verstehen, warum hier nicht mehr Glück vorzufinden war. Geht es allen so? Ist das alles? Ist dies wirklich das höchste der Gefühle?
Morgen früh bin ich weg.
Meine Sehnsucht nach mehr Leben hat das ins Rollen gebracht, und wir sind sehnsüchtige Wesen, ein einziges Bündel drängender Wünsche. Unsere Vernunft sagt uns, daß wir nicht jedem Impuls folgen und jeder Frau, die wir anziehend finden, nachstellen müssen. Aber ich denke, um die Gunst von einigen kann man sich durchaus bemühen, man weiß ja nie, welche Herrlichkeiten man finden könnte.
Susan bewegt sich.
Welcher Wissenschaftler hat behauptet, daß kein Körper je einen anderen berührt? Ich streichle ihren Rükken. Ich bin sicher, sie kann meine Gedanken spüren, kann fühlen, daß ich sie begehre. Wenn sie jetzt aufwacht, ihre Arme nach mir ausstreckt und mir sagt, sie liebe mich, werde ich mich in die Kissen zurücksinken lassen und sie nie verlassen. Aber sie hat so etwas noch nie getan, genausowenig wie ich. Vielmehr rückt sie jetzt, da sie meine Finger auf ihrer Haut fühlt, von mir ab und zieht die Bettdecke hoch.
Warum wecke ich sie denn nicht auf und zwinge sie, mich anzusehen? Habe ich auch alles versucht? Wie

komme ich dazu, mir einzubilden, das Zusammenleben mit mir sei leicht? Vielleicht hat sie sich die ganze Zeit über heldenhaft bemüht, mit einem mißmutigen, überempfindlichen und eigenbrötlerischen Dummkopf wie mir zurechtzukommen. Neulich meinte sie: »Stell dir mal vor, welche Belastung es bedeutet, mit jemandem zusammenzuleben, der stundenlang keinen Ton sagt und dann plötzlich schwammig fragt: »Hast du dir eigentlich jemals überlegt, einer Sekte beizutreten?« Außerdem hat sie sich darüber beschwert, daß ich mir im Bett ständig den Arsch kratze und so ein dauerndes Hintergrundgeräusch produziere, das an das Zirpen der Zikaden in einem Film erinnert, der in einem heißen Land spielt. Kein Zweifel, daß ich eine Abneigung gegen Einkaufen, Hausarbeit und Waschen habe. Irgendwie erwarte ich, daß all das erledigt wird, ohne mich damit gedanklich beschäftigt zu haben.

Ich erinnere mich, daß Nina meinte, ich sei unflexibel. Sie nannte mich einen Tyrannen. Ja; meine Gefühle sind stark, meine Wünsche imposant. Vielleicht habe ich deshalb lange Zeit – Jahre, um genau zu sein – in gespielter Gleichgültigkeit verbracht, als sei alles egal. Ein verächtliches Achselzucken in einem Café war meine aussagekräftigste Geste. Ich verhielt mich distanziert, weil ich gelernt hatte, kalt zu sein; abgeschirmt, wie ich war, kam nichts an mich heran, besonders die Frauen nicht, die ich in mich verliebt machte. Ich wollte sie, ich bekam sie, ich verlor das Interesse. Ich rief nie zurück oder rechtfertigte mich. Wann immer

ich mit einer Frau zusammen war, erwog ich, sie zu verlassen. Ich wollte nicht das, was ich wollte. Die Leidenschaft der Frauen fand ich abstoßend oder amüsant. Wie dumm sie waren, daß sie so viel Gefühl zuließen! Heute kann ich die Heftigkeit meiner Gefühle kaum aushalten. An manchen Nächten hätte ich mit dem Kopf gegen die Wand schlagen können, besonders wenn ich hier mit Susan lag, wohl wissend, daß meine Freundin – welche auch immer, meistens jedoch Nina – in der Stadt unterwegs war. Vielleicht vermißte sie mich gerade; wahrscheinlich war sie mit irgendeinem jungen Mann unterwegs. Ich litt unbändig an meinem Ausgeschlossensein und haßte mich derart für meine Unfähigkeit, so zu leben, wie ich wollte, daß ich aufstand, mich anzog und aus dem Haus ging, um meinen Jammer bis zur Erschöpfung unter dem Sternenhimmel spazierenzuführen. Manchmal kam ich zurück, um festzustellen, daß eines der Kinder entweder ins Bett gekackt oder sich im Schlaf übergeben hatte.
Jetzt bitte ich schon wie Oliver Twist um mehr.
In ein paar Minuten werde ich sie aufwecken und ihr einiges davon mitteilen.

Wie sehr Nina verlockt und betört. Sie ist zurückhaltend, geschmeidig und anmutig. Alles, was sie tut, besitzt Anmut; manche nennen das Stil. Andere werden behaupten, sie wisse, wer sie ist, und sei gerne sie selbst. Ihre Zweifel untergraben ihr Selbstbewußtsein nicht, machen sie von Zeit zu Zeit jedoch unerreichbar. Ich glaube, ich bin in sie verliebt. Warum, muß ich erst noch herausfinden. Ja, und?

Wann genau traf mich die Erkenntnis? Wann kam mir der Gedanke fortzugehen? Ich weiß noch, daß ich den kritischen Punkt während einer dieser mäandernden Unterhaltungen mit Victor in einer der Kneipen überschritt, die wir ab und zu aufsuchen. Als ich dort die vielen freien Menschen sah, die sich Getränke bestellten, dachte ich: Was hindert mich eigentlich daran, abzuhauen und nicht zurückzukehren? Doch der Gedanke war zu grausam und zu subversiv. Sofort erfüllte mich Ekel, und ich sah mich selbst von hinten, wie ich wegrannte, das Bild eines Feiglings, der sich aus dem Staub machte.

Das war vor acht oder neun Monaten. Nina und ich trafen uns damals immer schnell, bevor ich wieder zu Susan zurückmußte. Wenn dir sexueller Verrat am ehesten das Gefühl der Verlassenheit, Trostlosigkeit und des Ausgeschlossenseins gibt, dann spürst du das vielleicht am wenigsten, wenn du nichts für die Frau empfindest. Es schien mir eine Art Freiheit, Nina zu ermuntern, sich mit anderen Männern zu treffen, sie dazu zu bringen, mir von ihnen zu erzählen, und selbst über sie zu lachen.

»Mit wie vielen hast du dich diese Woche getroffen? Und was hat der letzte mit dir angestellt?«

»Er hat mich geküßt.«

»Und du hast ihn gelassen.«

»Ja.«

»Und dann faßt er dich an. Und natürlich faßt du ihn mit diesen Händen, die ich gerade küsse, auch an. Und ... «

Je mehr sie mir erzählte, desto schöner sah sie aus. Je mehr ich mich zurückzog, desto inständiger hoffte ich, sie würde mir hinterherlaufen. Ja, ich wollte, daß sie mir folgte, wenn ich mich abwandte, doch gleichzeitig fürchtete ich, es würde sie entmutigen.

Ich habe geschwankt, gezögert und in mir nach Gründen gesucht, hierzubleiben. Aber nachdem die teuflische Stimme der Versuchung sich einmal gemeldet hatte, ließ sie sich nicht mehr unterdrücken. Doch ich zögerte weiter! Weshalb? Um absolut sicher zu sein. *»Nothing's gonna change my world«*, sang John Lennon.

Zu Hause sorgte ich dafür, daß ich machtlos und impotent wurde. Ich konnte kaum laufen. Aus welchem Grund hätte ich auch einen Fuß vor den anderen setzen sollen? Des Nachts, wenn Susan bereits schlief, konnte ich das Licht nicht anschalten; ich trug eine Sonnenbrille im Dunkeln und hoffte umzufallen. Nina merkte, wie ich verkümmerte. Wäre ich machtlos, wäre ich auch unschuldig und unfähig, irgend jemanden zu verletzen; schuldlos, könnte ich keine Vergeltungsmaßnahmen herausfordern. Ich wünschte mir, wunschlos zu sein!

Ein Jahr lang besuchte mich Nina alle zwei oder drei Wochen in der Wohnung, die mir als Büro diente. Es war eine weitläufige Wohnung, die einem Schauspieler gehörte, der in Amerika arbeitete. Nina lebte damals in Brighton, wo alle Ausreißer und verlorenen Individualisten landen, und brachte Ausländern Englisch bei, immer der letzte Ausweg der Ziellosen. Ich traf sie, genauer: gabelte sie auf; es war Sonntag nachmittag in einem Theater-Café in London, und ich war in einer gewissen Stimmung, fühlte mich magnetisch oder »angeschaltet«. Normalerweise ging ich nie in solche Cafés, doch an diesem Tag eröffnete ein befreundeter Fotograf dort seine Ausstellung. Sie war in Begleitung eines anderen Mädchens, und als ich die beiden anschaute, fiel mir Casanovas Rat ein, zwei Frauen zusammen anzusprechen sei einfacher als eine Frau allein. Nach längerem Hin- und Herlächeln und einem knappen Wortwechsel ging ich. Sie folgte mir.

»Komm doch zum Tee«, sagte ich.

»Wann?«

»Wie wär's in einer Stunde?«

Sie blieb den ganzen Abend. Ich war nach so langer Zeit so gierig nach Liebe, daß ich mich ein bißchen blöd benahm und, wenn ich mich recht erinnere, einige Zeit auf den Knien verbrachte. Am nächsten Morgen kam sie wieder.

Damals war sie ein Mädchen, das jemanden suchte, der ihr den Druck nahm. Sie war von Zuhause ausgerissen, nachdem der Freund ihrer Mutter mit den Händen die

Glastür ihrer Wohnung zerschmettert hatte und sie sich in einem Schrank hatte verstecken müssen. Sie war ein unglückliches und unstetes Mädchen, das oft in unerklärliche Stimmungen verfiel. Sie hatte nie große Zuneigung erfahren und hielt sich abseits. Sie war auf das Gefühl angewiesen, ganz allein zurechtkommen zu können.

Als ich sie kennenlernte, trug sie billige, leichte Hippiekleidung und hatte ihr Haar nicht abschneiden lassen. Sie errötete noch und wandte ihr Gesicht ab. Wenn sie sprach, war ihre Stimme so leise, daß ich sie kaum verstand.

»Wie bitte?«

»In welchen Verhältnissen lebst du?« fragte sie.

»Inwiefern?«

»In jeder Hinsicht.«

»Ach so. Meine Verhältnisse.«

»Genau. Sagst du's mir?«

»Ich werde es dir sagen.«

Unverfügbarkeit kann so herrlich befreiend sein. Ich bat sie, sie küssen zu dürfen. Sie mußte einmal um den Block gehen, um darüber nachzudenken. Ich wartete am Fenster.

»Ja«, sagte sie. »Ja, ich will.«

Bald streichelten wir uns gegenseitig an den intimsten Stellen, während wir allen persönlichen Fragen aus dem Weg gingen. Damals war mir der anonyme Kontakt der liebste. Und wer könnte mir meine Angst vor dem Pulsieren der Gefühle verdenken?

Sie behauptete, ich würde sie pausenlos betrachten. Sie ließ sich gerne von mir anschauen.
Noch nie habe ich eine Frau getroffen, die so sehr begehrt werden wollte, und noch nie eine, die soviel Angst davor hatte. Ich habe auch noch nie jemanden gekannt, der so viele Auftritte und Abgänge inszenierte, und das nicht etwa im Laufe eines Tages, sondern innerhalb einer Stunde. Mir war es lieber, wenn sie nicht wegging, und ich machte ihr schon bald Vorwürfe, weil sie neben mir noch ein eigenes Leben besaß, was in meinen Augen ein Zeichen von Untreue war. Jedesmal wenn sie fortging, stopfte sie Folgendes in ihre Tasche: Haarklemmen, -spangen und -kämme; kleine Holzkistchen, in denen sie billigen Indianerschmuck und Haschisch aufbewahrte; Creme für Lippen und Nippel; verschiedene Kassetten mit Meeresrauschen oder vielleicht auch mit Stimmen von Delphinen, Vögeln oder Walen; Kamillentee; eine Stoffgiraffe; Katzenkarten und -fotos; Unterwäsche und verschiedene andere Teile, die zur merkwürdigen Ausstattung einer mobilen jungen Frau gehören, aber auch einen Teil meiner Kleidung, einschließlich Hemden, Socken und meiner Schuhe.
So ausgerüstet, stob sie, versehen mit einer Handvoll guter Vorsätze und einem Kopf voller Verrücktheiten, auf ihren langen Beinen zur Tür hinaus, als würde sie verfolgt.
An mir nagte die Frage, was es dort draußen gab, das sie so aufregend fand, bis ich mir Gedanken darüber zu

machen begann, was es hier gab, das sie zu aufregend fand. Ich begriff, daß sie sich, je mehr sie mich liebte, desto stärker ihrer Eigenständigkeit vergewissern mußte. Diese Erkenntnis brachte mich fast um, wenn ich ihr vom Fenster aus nachwinkte und sie davongehen sah. Aber wenigstens verstehe ich es jetzt.
Ich hatte gerade begonnen, ein neues Drehbuch über ein alterndes, gebrechliches Ehepaar zu schreiben, dessen Kinder erwachsen und erfolgreich sind. Die Eltern besuchen sie, nur um herauszubekommen, daß ihre Ehen dabei sind auseinanderzubrechen. Ich fand die Idee spannend und sprach viel darüber, auch um ihr zu vermitteln, womit ich mich jeden Tag plagte.
Sie pflegte sich auf den Boden neben meinen Schreibtisch zu legen und mich bei der Arbeit zu beobachten. Sie sagte, sie beneide mich darum, jeden Morgen etwas Wichtiges zu tun zu haben; etwas, das alles in sich aufnahm; etwas, wofür es sich zu leben lohnte. Meine Zielstrebigkeit nährte ihr Gefühl, ausgeschlossen zu sein. Sie glaubte mir nicht, daß ich sie darum beneidete, jeden Morgen aufwachen und sich fragen zu können, was sie an diesem Tag gerne tun wollte. Tanzen, töpfern oder spazierengehen? Sie ging zu Partys am Strand und in Lagerhallen; für einen Rave nahm sie jede Entfernung auf sich. Sie spielte Gitarre und sang in einer Gruppe, die ich mir anhören ging. Sie widmete mir sämtliche Lieder. Da sie sich noch nicht die glatte Gleichgültigkeit der geschäftigen Stadtfrauen zu eigen gemacht hatte, sprach sie mit Leuten auf der

Straße und fühlte sich für sie verantwortlich. Zu ihren Freunden zählten Junkies, die in alten Klamotten steckten und Wollmützen trugen, die bis zu den Augen heruntergezogen waren. Sie waren lahm und ohne jede Lebensenergie – wie sie und doch anders. Sie ließ sich von einem Jungen zum anderen treiben. Wenn sie ihnen den Laufpaß gab, meinten sie, sie sei sich wohl zu schade für sie. Zu schade für jeden außer mir.

Eines Nachmittags lag ich über ihr. Ich hatte meine Schuhe abgestreift, nachdem wir die Bettdecke in den Innengarten geworfen hatten. Sie stand auf Sex unter freiem Himmel, mir war es einerlei, vorausgesetzt, ich bekam keinen kalten Zug zwischen den Beinen. Der Fernseher war leise gestellt. England spielte gegen die Westindischen Inseln. Ich schaute sie verzückt und verwirrt an, weil ich nicht verstehen konnte, wieso ich derart tiefe Gefühle für ein Mädchen hegte, das ich nicht kannte.

Sie sagte immer: »Du bist so ordentlich und milde, mit einer so sanften Stimme. Ich habe noch nie jemanden getroffen, der so sehr nur mein Bestes wollte. Du verstehst mit Menschen zu sprechen. Du gibst ihnen das Gefühl, sie könnten dir ihre geheimsten Gedanken offenbaren.« Sie schien mir zu trauen, als wisse sie instinktiv, daß sie sich außer Gefahr befand und ich sie nicht im Stich lassen würde. Aber gerade das tat ich. Merkwürdigerweise schien sie das auch zu erwarten. Wenigstens wußte sie dann, woran sie war.

Das Schlafzimmer, das wir benutzten, hatte Spiegel.

Eines Nachmittags, während ich auf dem Bett lag und auf sie wartete, sah ich mich flüchtig im Spiegel. Mein Körper war dick und behaart, mein Bauch rund, als hätte ich einen Ball verschluckt; mein kleiner Schwanz reckte sich fröhlich. Ich hätte ihm eine rosafarbene Schleife umbinden mögen. Zur Feier von Wimbledon hatte ich Erdbeeren neben dem Bett bereitgestellt, die ich ihr zwischen die Pobacken schieben und mit Sahne aufschlürfen wollte. Ich beobachtete, wie ich mich hinüberlehnte, eine kalte Flasche Champagner aufhob und sie gegen meine Eier drückte, bevor ich einen kräftigen Schluck aus ihr nahm. Sie betrat das Zimmer in hochhackigen Schuhen, Strumpfhaltern, meinem Regenmantel und den Perlenohrringen, die ich ihr gekauft hatte. Ich winkte mir im Spiegel zu! Wie glücklich ich aussah, als wären all meine Träume plötzlich wahr geworden.

Ich kann nicht behaupten, damals nicht glücklich gewesen zu sein. Ich beglückwünschte mich gerne dazu, daß ich alles so schön im Gleichgewicht behielt. Außerdem überarbeitete ich gerade ein Buch für ein amerikanisches Filmstudio. Ich wußte, daß sie das Drehbuch umschreiben würden, nur um sicher zu gehen, gründlich gearbeitet zu haben. Ich kannte das Verfahren und rechnete damit, daß sie noch einige andere Drehbuchautoren ausprobieren würden, bevor sie auf mich zurückkämen. Ich hatte eine annehmbare Lebensgefährtin, entzückende Kinder und die perfekte Geliebte, die ich fortschicken konnte, wenn sie anfing, sich miß-

gelaunt und schmollend aufzuführen. Ich mag in meinem Herzen ein Heuchler sein, aber meine Eitelkeit war befriedigt. Für Befriedigungen ist das schon viel.
Eines Tages sagte sie: »Wenn du mich möchtest, hier bin ich. Du kannst mich haben.«
»Danke«, erwiderte ich und fügte etwas später hinzu, weil ich »Ja« nicht als Antwort gelten lassen wollte: »Meinst du das wirklich?«
Sie schien erstaunt und erinnerte mich daran, daß ich ihr bei unserem dritten Treffen, als sie sich nach meinen »Verhältnissen« erkundigte, gesagt hatte: »Du kannst mit mir machen, was du willst. Ich stehe ganz zu deiner Verfügung.« Und angeblich soll ich hinzugesetzt haben: »Glaub nicht, daß ich dich nicht liebe, denn das tue ich.«
Ich tue es, oh ja.

Hätte ich mit Susan mehr machen können? Ich meine, kann ich noch mehr machen?
Wenn man es recht bedenkt, kann man wirklich unglaublich wenig erzwingen. Von dem, was meine Eltern und Lehrer mir als Kind einzuhämmern versuchten, existiert allenfalls noch eine Erinnerung an Abscheu. Ich gehörte nie zu den Kindern, die etwas taten, weil sie dazu genötigt wurden. Mein ganzes Dasein, korrespondierend mit der Zeit, sträubte sich gegen jeglichen Zwang. Durch einen solchen Individualismus handelte ich mir Schwierigkeiten ein. Natürlich kann man sich eine Zeitlang zu gewissen Dingen zwingen,

aber wenn man ein lebendiger Mensch ist, wird man sich schließlich dagegen auflehnen. Die zartesten aller Gaben – Liebe, Zuneigung, Kreativität, sexuelle Lust, Inspiration – lassen sich behüten und stärken, aber nicht einfordern. Du kannst Liebe nicht anordnen, sondern dich lediglich fragen, warum du sie für den Moment ausgeklammert hast.

Susan und ich sind unfähig, einander glücklich zu machen. Doch jedes Versagen zeichnet einen und führt dazu, daß es irgendwann so scheint, als seien sämtliche Anstrengungen unausweichlich vom gleichen Versagen betroffen – wenn man denn tatsächlich nach Glück und nicht, sagen wir, nach Erfolg oder Sicherheit strebt. Mein sicherer Instinkt sagte mir deshalb, nicht aufzugeben, sondern durchzuhalten.
Susan hatte unsere Probleme offensichtlich mit einer Freundin besprochen. Eine Therapie wurde empfohlen, wie immer in minderschweren Fällen. Das erspart Freunden die lästige Pflicht, sich um dich zu kümmern. Ich wollte nicht hingehen. Ich war der Meinung, ich bräuchte mein Seelendurcheinander. Außerdem wußte ich, daß ich Susan gar nicht lieben wollte, jedoch aus irgendeinem Grund auch nicht die Absicht hatte, uns beide durch die Aufklärung dieses Sachverhalts zu zerstören.
Unter dem üblichen Vorwand, es geschehe zum Wohl der Kinder, vereinbarte Susan energisch wie immer einen Termin.

Ich saß im Auto und fühlte mich wie ein Kind, das von seiner ungeduldigen Mutter zum Arzt gebracht wird.

Einige Wochen zuvor besuchten Susan und ich ein Ehepaar, das gerade ein knappes Jahr verheiratet war. Unterwegs entwickelte ich ihr meine hübsche Theorie, daß die meisten Menschen heiraten, wenn ihre Verzweiflung am größten ist, das Bedürfnis nach einer Urkunde demnach ein sicheres Zeichen verminderter Zuneigung sei.
An jenem Abend bemerkte ich, daß der Ehemann, wenn er etwas erklärte, mit beiden Händen eine gewisse Gebärde aus den lockeren Handgelenken heraus machte. Das fiel mir auf, weil diese Bewegung der Ehefrau offensichtlich zuwider war. Sie sagte sogar in unserer Gegenwart: »Kannst du das nicht mal sein lassen?« Im Auto auf dem Nachhauseweg schlossen Susan und ich Wetten ab, wie lange diese Ehe wohl noch halten würde. Wir lachten zum ersten Mal seit geraumer Zeit, und ich fragte mich, wieviel Wiedererkennen in unserer Heiterkeit lag.

Dieser Tage denke ich häufig an Ehepaare, die ich kenne oder die ich getroffen habe, und überlege, welche ineinander verliebt sind. Einige sind es. Es ist greifbar, man sieht es ihnen an und spürt das Tiefe ihrer Zufriedenheit. Vor nicht allzu langer Zeit fiel mir, beim Tag der offenen Tür im Kindergarten, ein Ehepaar auf, das wahrlich nicht ganz in sich vertieft war, da es Verschiedenes zu tun gab. Dennoch waren sich beide der Gegenwart des anderen immerzu bewußt. Als dann ihr Kind herumrannte und die Frau dachte, niemand würde hinschauen, hielt sie es nicht länger aus und fuhr ihrem Mann mit der Hand schnell durchs Haar, und er küßte sie.

Kein Wunder, daß jeder das erleben möchte – als hätte man diese Art der Liebe bereits einmal erfahren, könnte sich jetzt kaum noch erinnern, fühlte sich aber auf ewig genötigt, ihr als dem einzigen nachzujagen, für das es sich zu leben lohnt. Ohne Liebe bleibt der größte Teil des Lebens verborgen. Es gibt nichts Faszinierenderes als die Liebe. Leider.

Ich weiß, daß Liebe harte Arbeit ist; man muß sich die Hände dreckig machen. Wenn man sich zurückhält, geschieht nichts Interessantes. Zugleich muß man den rechten Abstand zwischen Menschen herzustellen wissen. Ist man zu nah, überwältigt die andere Person einen; ist man zu weit entfernt, verläßt sie einen. Wie nur hält man den richtigen Abstand? Es ist faszinierend, wie in gut funktionierenden Partnerschaften noch nach Jahren, wie bei einer archäologischen Grabung, die Partner aneinander plötzlich bislang unentdeckte Wesenszüge freilegen. Es gibt viel zu erkunden und zu verstehen. Bei anderen Menschen kann man sich nur gelangweilt abwenden.

Ich will damit sagen: So stehn die Dinge nun mal.

Ich kann nicht in Bestform gewesen sein, als Susan und ich die Therapeutin das erste Mal aufsuchten. Sobald man weiß, daß es vorbei ist, wird die Gegenwart zur Belastung. Alle irritierten mich. Auf der Straße stieß ich fremde Leute an. In der U-Bahn schubste ich jemanden die Treppe hinunter, in der Hoffnung, von der Polizei verhaftet und wegen des Besitzes eines zügellosen Verstandes angeklagt zu werden. Ich hetzte durch die Wohnung, in der ich arbeitete, von einer Sache zur anderen. Mein Arzt, ein Freund, gefiel sich darin, mich über die Palette verfügbarer Beruhigungsmittel aufzuklären. Aber ich weigerte mich, ihm die Freude zu gönnen, sich davon zu überzeugen, daß sie tatsächlich Ruhe brachten.

Ich war erstaunt darüber, daß wir die Therapeutenpraxis überhaupt erreichten, ohne einander mit bloßen Händen die Luftröhre herausgerissen zu haben. Susan und ich verbrachten nämlich die ganze Fahrt damit, uns wegen der korrekten Eintauchdauer eines Teebeutels ein Wortgefecht zu liefern. Ihr zufolge war ich absolut unfähig, Tee zu kochen, obwohl ich ihn jeden Tag trank, sogar – und zwar durchaus mit Erfolg – ein wenig Milch bei Gelegenheit hinzufügte und manchmal auch eine Scheibe Zitrone. Aber das genügte Susan nicht. Ich hoffte, die Teefrage würde bei der Therapeutin nicht angeschnitten, zumindest nicht sofort: Ich verlasse sie, weil ich ihr keine Tasse Tee zubereiten kann.

Ich hätte ihr ihr heißes Wasser über den Kopf schütten

mögen, und Susan wäre durchaus imstande gewesen, meine Hoden in kochendes Wasser zu werfen, als wir den Wagen in der Praxiszufahrt mit einem Ruck zum Stehen brachten und auf den Eingang zustürzten.

Ich könnte mir vorstellen, daß die Therapie Victor nützt. Sie gibt ihm die Möglichkeit, noch mehr über sich nachzudenken als früher, aber weniger schwermütig. Er kennt sich jetzt ein wenig besser. Ob er sich geändert hat, ist eine andere Frage. Vermutlich kommt es darauf an, ob man Selbsterkenntnis als Gewinn betrachtet und sie für die eigentliche Bestimmung des Menschen hält.

Im übrigen habe ich darüber nachgedacht, ob sich nicht allmählich ein neuer Klassenunterschied auftut zwischen denen, die es sich leisten können, ihre Gedanken- und Gefühlswelt instand zu halten, weil sie jede Woche alle giftigen Ideen ausspülen lassen, und den anderen, die mit dem, was sie vergiftet, leben müssen.

Doch trotz meines Widerwillens gegen diesen Besuch – dagegen, wieder einmal gezwungen zu werden – hatte ich beschlossen, rückhaltlos zu beichten, einige Geheimnisse ohne Scham anzusprechen, so, wie sie waren. Ich wollte gut sein im Geholfenwerden. Wie auch immer, als wir den Raum betraten, stolperte ich und meinte, das Geheul der bedauernswerten Paare zu hören, die auf ewig zwischen diesen Wänden zusammen festgehalten wurden. Ich mußte mein Gesicht an die Toilettenwand drücken und dem Gedanken wider-

stehen, durch das Fenster zu entwischen und jenseits des Tals der Gesundheit zu verschwinden.
Susan und ich saßen zwei Meter auseinander gegenüber einer etwas herablassenden Frau mittleren Alters, die einen »besorgten«, um nicht zu sagen gequälten Gesichtsausdruck aufgesetzt hatte. Was für ein Job, das Ernten von Not. Ihr wird es an Arbeit nie mangeln.
Susan brauchte bald ein zweites Taschentuch.
Die Therapeutin sympathisierte, wie auch ich, sicherlich mit Susan, vor allem als ich – beim Versuch, das Gespräch in Gang zu bekommen – Liebe als Neugier zu definieren mich anschickte. Ich behauptete, Leben wurzele in Unruhe, Lärm, Neugier und dem Verlangen nach mehr, was man sehr gut bei Kindern beobachten könne. Ich sagte, mir sei die Neugier auf Susan abhanden gekommen. Ich sagte, keine Lust mehr zu haben, ihre Seele kennenlernen zu wollen. Sie langweilt mich; oder vielmehr langweile ich mich, wenn ich mit ihr zusammen bin. Ich sagte:
»Das Wichtigste ist das Scharnier!«
Die Therapeutin lehnte sich vor. »Was meinen Sie mit Scharnier?«
»Scharnier?«
»Ja. Wie fühlen Sie sich dabei?«
Ich neigte mich ihr zu. »Das Scharnier der Gedankenwelt! Das sich nach innen oder nach außen öffnen kann. Es sollte sich immer nach außen öffnen. Immer nach – außen!«
Ich sank in meinen Stuhl zurück und schämte mich

meines Verlangens, meiner vielen Wünsche. Daß ich unfähig war, mich nach meinem Leben mit Susan zu sehnen – was eigentlich gereicht hätte –, war unerklärlich und grausam. Die Therapeutin, die die Sache mit dem Scharnier ganz bestimmt verstand, würde mir dabei helfen.

Doch die Frau, die angeblich an die unbezähmbaren Wünsche des Unbewußten glaubte, war nichtsdestotrotz anscheinend eine Art Rationalistin. Geduldig entgegnete sie, daß Beziehungen im Laufe der Zeit tatsächlich an Leidenschaftlichkeit einbüßten. Damit müsse man rechnen. Enthusiasmus würde durch andere Tröstungen ersetzt.

Tröstungen! Ich war so sehr darauf erpicht, Näheres zu erfahren, daß ich ihr diese Tröstungen von den Lippen hätte küssen mögen.

»Ja?« sagte ich.

»Zufriedenheit«, murmelte sie.

Ich lehnte mich wieder vor. »Wie bitte?«

Sie wiederholte es: Zufriedenheit.

Sie war ganz und gar für Reife und Ergebenheit. Jawohl!

Die schluchzende Susan nickte.

Wie sehr ich wünschte, ich würde ebenfalls nicken – mit meinem Gesicht zwischen Ninas Beinen, während meine Hände ihren Arsch hochhalten, wie ein Gericht, nach dem mich gelüstet, meine Zunge in all ihren Öffnungen gleichzeitig – Tränen, Speichel, Mösensaft, Erdbeeren! Ich schlürfe die Suppe deiner Liebe. Gute

Seelendoktorin, brave Therapeutin – wessen Zunge kitzelt dein altes Loch? Ich bin nicht empfänglich für diese Jammerweisheit; ich hatte genug davon bei Mutter. Ich bin ganz und gar für Leidenschaft, Unbeschwertheit, kindisches Vergnügen! Ja, es ist der Aufschrei eines Heranwachsenden. Ich will mehr! Wovon? Was bietest du denn?

Die Therapeutin bestand auf einem zweiten Treffen gegen Ende der Woche.

Susans fettes, vom Flennen gerötetes Gesicht bei unserer zweiten Sitzung in diesem Raum, als ich erkläre, die Beziehung sei meiner Meinung nach nicht mehr zu kitten. Um das absolut klarzumachen, hätte ich ihr eine Ohrfeige verpassen oder mit dem Finger ins Auge stechen sollen. Dann hätten sie es kapiert! Statt dessen erhebt sich die Therapeutin, geht zu einem Regal und nimmt ein Buch heraus. Sie versucht, mich zu bewegen, ein Gedicht vorzulesen. Ich werfe einen Blick darauf. Ich sehe, daß das Gedicht schlecht ist, und behaupte, klug wie ich bin, ich hätte meine Brille vergessen. So muß die ewig gehorsame Susan das Gedicht mit zittriger Stimme vorlesen, wobei sie mir wie in früheren Zeiten Blicke zuwirft, die besagen, später werden wir darüber lachen. Mir geht der Gedanke nicht aus dem Kopf: Ich zahle, um Dichtung laut vorgelesen zu bekommen. Viel lieber würde ich zahlen, um mir das nicht anhören zu müssen. Nicht einmal Dichtung kann uns helfen!

Nach meinem Morgenkaffee steckte Susan ihren Blondschopf durch das offene Fenster meiner Wohnung in West-London, hinter ihrem Rücken ein Blumenstrauß, ein Buch oder ein Video. Damals – vor zehn Jahren – arbeitete sie noch nicht. Wenn ich genug am Tag getan hatte, kam sie am späten Vormittag in ihrem kleinen, schwarzen Auto angefahren, ihre Brüste prall und wogend in einem engen Oberteil. Ich küßte sie und zog sie durch das Fenster in die Wohnung.

Wir fuhren häufig aufs Land.

»Zieh deinen Rock hoch«, sagte ich, während ich sie beim Fahren betrachtete und auf mehr hoffte. »Höher!«

Am Morgen nach dem ersten Mal gingen wir Bücklinge und gebratene Champignons essen. Auf dem Weg umarmte sie mich. Am deutlichsten erinnere ich mich an ihren Griff. Wie fest sie mich an sich zog! Fände ich sie doch bloß gänzlich unsympathisch und wäre nicht in Nina verliebt. Was wir beide mögen: englische Küstenstädte zum Beispiel, selbst im Winter. Bestimmte Witze; ihren Geschmack, was Essen und Bilder anbetrifft; lange Diskussionen über englische Mod-Gruppen der sechziger Jahre.

Es gab noch andere Vergnügen; die muß es gegeben haben. Oder vielleicht waren es Tröstungen. Wie dem auch sei, ich kann jetzt nicht in dem Vergangenheitsgerümpel nach ihnen suchen. Zweifellos sind es weniger Vergnügen als vielleicht erhofft. Mir jedenfalls schießen kaum Bilder durch den Kopf. Ich kann nicht behaupten, daß Susan mich jemals vorsätzlich im Stich gelassen hätte oder aus reiner Freude grausamer als nötig mit jemandem umgegangen wäre, der so widerspenstig ist wie ich. Ich würde ihr ein gutes Zeugnis ausstellen.

»Ich habe alles versucht, damit es hier klappt!« schrie sie gestern. »Jeden Tag habe ich es dir schön zu machen versucht!«

Vor ihr schäme ich mich. Aber Tatsache ist, daß ich sie weder zum Lachen bringen noch ihre Lust entfachen kann. Und doch haben wir uns unter allen Menschen dieser Welt ausgerechnet füreinander entschieden. Wofür? Für eine ernste und schwierige Aufgabe: uns gegenseitig zu frustrieren und zu strafen. Aber warum nur?

Ich stubse sie ein wenig, unsanft, um zu sehen, ob sie aufwacht. Sie bewegt sich, seufzt und schläft weiter, nichtsahnend.

Wie selten werden wir wirklich desillusioniert! Ich verlasse dieses unglückliche Eden nicht nur, weil es mir mißfällt, sondern weil ich ein anderer werden will. Der Traum – oder Alptraum – von einer glücklichen Familie quält uns alle; es ist eine der wenigen utopischen Ideen, die wir heutzutage haben. Und so glaube ich trotz allem – wie ich Asif versicherte – an die Liebe. Am Anfang steht die Liebe, und damit es bis an unser Lebensende so bleibt, nehmen wir allerlei Mühen auf uns. Ist die Liebe nicht der Zustand, in dem Männer und Frauen am ehesten aufblühen? Ein Zustand, der die Menschen am stärksten sie selbst sein läßt; Sadisten werden zärtlicher, Bankiers großzügiger, Leichenbeschauer genießen das Leben, selbst Buchmacher erscheinen sympathisch. Und irgendwo da draußen, in dieser beschissenen, vibrierenden Stadt, läuft heute nacht, da bin ich mir ganz sicher, irgend jemand herum, der mich lieben würde.

Allerdings glaubt Victor das auch. Drei Jahre lang hatte er eine Affäre mit einer verheirateten Frau, von der er dachte, sie würde ihren Mann verlassen. Schließlich führte sie eine unglückliche Ehe. Aber sie zog ihr Unglück Victor vor. Kann man da von Versagen sprechen? Die Beziehung ging auseinander; doch vielleicht kann man den Wert einer Liebe nicht an ihrer Dauer messen.

Als Student in den späten sechziger Jahren war Victor ein Radikaler. Heute lebt er in einer ganz netten Wohnung und verdient gutes Geld. Aber es gibt etwas, das er seit jeher haben möchte. Noch einmal die Chance zu einer perfekten Liebe, die richtige Frau heiraten, bevor es für ihn zu spät ist, seinen neu entdeckten Enthusiasmus auszuleben, zu spät, um auf dem Boden mit seinen Kindern zu spielen, mit Kindern, die ihm, dieses Mal, weder wilde Flüche noch seine Kleider aus dem Fenster hinterherschleudern. Er möchte herausfinden, ob er es so leben kann, wie es gelebt werden sollte. Mehr nicht. Genau wie alle anderen auch; nicht mehr, nicht weniger. Er muß sich vergewissern, daß das Wichtigste von allem für ihn erreichbar ist. Schließlich tun es viele Leute, und einige sind sogar glücklich.

So fanden sich bald neue Frauen bei Victor ein. Attraktive Frauen; nette Frauen. Einige verhielten sich ein wenig übereifrig, besonders die Amerikanerin, die mir, kaum daß sie das Schlafzimmer von innen gesehen hatte, beschrieb, wie sie die Wohnung umbauen würde. Doch keine von ihnen war die Richtige. Zu alt, zu nett, zu karriereorientiert, zu bedürftig, zu dies, zu das. Jedesmal wenn ich eine Frau traf, dachte ich an ihn. Wir arbeiteten alle daran – seine Freunde, Verwandte, selbst eines seiner Kinder. Liebeskandidatinnen zogen durch seine Wohnung wie Schauspielerinnen beim Vorsprechen für die Rolle in einem Stück, das erst noch geschrieben werden muß.

Er erlebte mich mit Nina und fand sie wunderbar. Solange sie nichts mit ihm zu tun hatte, konnte er sie so wahrnehmen, wie sie war, und hatte seine Freude an ihr. Doch sobald der ganze übrige Kram mit einer Frau losging – Sehnen, Vermissen, Bangen, Hoffen –, tauchte er ab. Es war zuviel. Warum kann er das nicht?

Warum kann ich es nicht?

Vielleicht kann ich es ja doch.

Ich möchte nicht darüber nachdenken, mit wem Nina heute abend zusammen ist, während ich hier liege und mich daran erinnere, wie sie, wann immer ich kam, meinen Kopf hielt und mir ins Ohr flüsterte: »Und ich liebe dich, und ich liebe dich … « Sie liebkoste meine Ohren und verglich sie mit denen des Hundes aus dem Haus gegenüber, als sie ein Kind war. Ich fühlte mich geschmeichelt. Es war ein Pointer.

Ich streichele mich durch meine Jeans. Ich wünschte, ich hätte jemanden, der das für mich erledigen würde. Man kann nicht alles alleine machen. Ich werde es jedoch nicht hier tun. Susan fühlt sich durch meine Alleingänge beleidigt. Sie gehört einer Generation mißbilligender Frauen an. Sie glaubt, sie wäre Feministin, aber im Grunde ist sie nur schlecht gelaunt.

Nina ermunterte mich, ihr auf den Rücken, Bauch oder die Füße zu masturbieren, während sie schlief. Sie hatte es gerne, wenn ich es tat, bevor sie davoneilte, um mich in der U-Bahn bei sich zu haben.

Ich begehre Nina; allerdings begehre ich Nina immer, wenn ich erregt bin. Ich werde meine Theorie erproben, daß man erst masturbieren sollte, bevor man sich ernsthaft auf eine Frau einläßt. So findet man heraus, ob man sie nur wegen des Sex begehrt oder ob da mehr ist.

Doch dafür muß ich aufstehen. Ich merke, daß ich immer häufiger unnatürliche Stellungen einnehme, um mich überhaupt bewegen zu können. Ich muß mich hinsetzen, um mir die Socken anzuziehen; meine Söhne bringen mir meine Schuhe, wenn sie in der richtigen Laune sind. Dann muß ich meine Schnürsenkel zubinden, mich aufrichten, auf die Füße kommen und mich vorwärts bewegen. Wenn ich endlich angezogen bin, habe ich, wie meine Söhne, das Gefühl, etwas geleistet zu haben. Mittlerweile ziehe ich mir häufig nur die Hose aus, wenn ich ins Bett gehe. Jetzt kommt mir der Gedanke, daß dies einer der Gründe sein könnte, weshalb Susan mich weniger anziehend findet als früher.

Ich stehe leise auf und entferne mich auf Zehenspitzen von der schlafenden Frau.

Wie schwach der Strahl meines Urins ist, und wie sehr ich mich anstrengen muß, um einen halbwegs ordentlichen Bogen in die Schüssel zu schicken. Selbst als meine Jungen noch winzig waren und ihre kleinen, runden Würmer, ihre Penisse, nicht dicker als Stahlkabel waren, hatte ihr Strahl eine wunderbare Intensität. Bei mir bleibt dagegen immer ein klebriger Rest auf dem Fußboden zurück. Dad hatte Prostatakrebs. Sie bohrten ihm Metall- und Kunststoffinstrumente durch die Öffnung seines Schwanzes.

Ich habe angefangen, Krankenhäuser aufzusuchen. Ich weiß, wo genau sie liegen, auch ohne Stadtplan. Ich denke an Bekannte und Freunde: Eine Frau, mit der ich einmal eine Woche zusammengelebt habe, hatte einen Gehirntumor; einer meiner Freunde hat Kehlkopfkrebs, und ein sehr guter Kumpel hatte einen Schlaganfall; Hodenkrebs ist recht verbreitet. Ich werde häufiger zu Beerdigungen eingeladen als zu Abendgesellschaften. Dies sind ihre sterblichen Überreste.

Ihre Seelen lasse ich für den Moment einmal beiseite. Noch bevor wir uns akklimatisiert haben, sind wir schon dabei abzutreten.

Weiter im Text! Zum Waschbecken.

Ich lasse die Hose herunter und schaue mich nach einem geeigneten Gleitmittel um. Beim letzten Mal – Susan hatte an dem Abend einige Freunde zum Essen eingeladen – benutzte ich das Kindershampoo und hatte das Gefühl, als wäre eine Wespe in meine Harnröhre eingedrungen. Ich hätte mich bei dem Hersteller beschweren und darauf bestehen sollen, daß sie Tierexperimente durchführen. Selbst das Masturbieren kann ein medizinisches Minenfeld sein.

Im Badezimmerschrank entdecke ich eine grünliche Creme, die süßlich riecht. Ich starre auf das Etikett, kann jedoch die Schrift ohne meine Lesebrille kaum entziffern. Nach einigen Untersuchungsanstrengungen erkenne ich, daß es eine Salbe gegen das Altern der Haut ist. Gott weiß, wieviel von unserem Geld Susan für dieses Schweinefett ausgibt. Als sie mich einmal dabei erwischte, wie ich es als Handcreme benutzte, wurde sie wütend. Vielleicht wird mein Schwanz, wenn ich ihn jeden Tag damit einschmiere, wieder wie mit vierzehn.

Ich tunke meine Latte in den Salbentopf.

Als ich vor einigen Monaten eine Firma aufsuchte, erblickte ich auf dem Flur jemanden, der mir bekannt vorkam. Wer ist das, dachte ich verwirrt. Schließlich erkannte ich Susan, die übermäßig enge und übertrie-

ben modische Kleidung trug, vom lilafarbenen Nagellack ganz zu schweigen. Sie versuchte nicht etwa, sich einen jugendlichen Anstrich zu geben, sie hatte einfach nur nicht bemerkt, wie sehr sie sich verändert hatte.
Seit kurzem macht sie sich allerdings doch Gedanken über den Verfall ihres Körpers. Sie sagte, sie hätte nach dem zweiten Kind gewußt, daß ihr Gesicht nie wieder so aussehen würde wie vorher. Sie könnte sich nunmehr nur noch auf Fotos wiedererkennen. Sie scheint sich immerzu Fett in die Rillen ihres Gesichts zu schmieren, und an den Wochenenden hampelt sie wild zu Gymnastikvideos herum, während die Jungen und ich auf den Treppenstufen sitzen. »Mummy ist schon dünner geworden«, sagt meistens einer von uns voller Optimismus. Es ist nicht so, daß sie unattraktiv geworden ist; sie ist einfach älter geworden und damit in eine neue Lebensphase eingetreten. Sie hat nur das Pech, immer ernst genommen zu werden.
Was wäre, wenn ich sie jetzt zum ersten Mal auf einer Party träfe? Ich würde sie zweimal anschauen, aber kein drittes Mal. Wahrscheinlich würde ich mich mit ihr unterhalten wollen. Da sie die fürchtet, die sie nicht verführen kann, kann sie sich gewissen Männern gegenüber überaufmerksam verhalten und sie mit ihrem, wie ich es nenne, »verzückten Blick« ansehen, bis diese Männer sich fragen, warum sie ihrer Eitelkeit und nicht ihrer Intelligenz schmeichelt. Manche Frauen möchten Männern gefallen, und manche Männer mögen es, wenn man versucht, ihnen zu gefallen. Man

sollte meinen, das ergäbe die ideale Mischung. Aber diese Frauen, davon bin ich überzeugt, fordern die Aufmerksamkeit eigentlich für sich selbst und ärgern sich bald über den Vorrang, den sie dir eingeräumt haben.

Ich hätte einfach sechs Monate lang mit ihr ausgehen sollen. Oder vielleicht hätte auch ein One-Night-Stand gereicht. Aber ich war nicht skrupellos genug und wußte nicht, was ich wollte.

Ich fange an, meinen Schwanz zu reiben.

Wie lange wird sie mich wohl nicht ausstehen können? Einige Monate? Einige Jahre? Ein solches Auseinandergehen oder Verlassenwerden kann tiefe Wunden reißen. Aber es ermüdet, jemandem fortwährend zu grollen, ihn gar zu hassen bedeutet, sich selbst unentwegt die Luft abzuschneiden.

Victors Frau spricht heute noch nicht mit ihm. Sie verbietet ihm, das Haus zu betreten, und läßt ihn draußen im Auto warten, bis die Kinder so weit sind. Vielleicht liegt es daran, daß Victor sie überreden konnte, ihm einen zu blasen und seinen Saft runterzuschlucken – etwas, das sie noch nie getan hatte –, in der Nacht, bevor er sie nach fünfzehn Jahren verließ. Damals konnte er nur noch Haß für sie empfinden. Seitdem hält sie an ihrem Abscheu fest und gibt ihn an ihre Kinder weiter, als hinge ihre Seele davon ab.

Könnte ich es aushalten, so verabscheut zu werden? Vielleicht träumen wir alle doch irgendwie von Arkardien, wo wir endlich alle einer Meinung sein werden, wo es weder Dissens noch Dissonanzen oder Wut geben wird. Doch eine der Stärken des Elternseins besteht, glaube ich, darin, sich aus dem Haß der Kinder nichts zu machen. Es gab Zeiten, da haßte ich Vater. Ich schrie ihn dann an, sogar als er nach einer Herzoperation vom Krankenhaus heimkam. Ich tat ihm Abführmittel in seine Cornflakes, auf daß er sich auf dem Weg zur Arbeit in die Hose schisse. Zeitweise hasse ich meine Kinder, wie auch sie mich hassen müssen. Du hörst nicht auf, jemanden zu lieben, nur weil du ihn haßt.

Susan kann eine gefährliche Widersacherin sein, mit einer scharfen Zunge, an der ich meinen Spaß gehabt habe. Leider ist ihre Bitterkeit zu stark, um witzig zu sein; ihr fehlt es an Selbstdistanz. Doch ihre rabiaten Hiebe können durchaus das Ziel treffen. Dennoch wird man dessen schnell müde. Ich freue mich auf den Tag, an dem ich einen Scheiß drauf geben werde, was sie sagt, den Tag, an dem der Bann gebrochen sein wird.

Was benötige ich? Freundliches Desinteresse und aufregende Unterwäsche. Wie Scott Fitzgerald schon sagte: *»So we beat on …«*

Ich durchwühle den Wäschekorb und ziehe einen Schlüpfer von ihr hervor, zerre ihn aus der Strumpfhose und lege ihn aufs Waschbecken. Auf geht's. Nein; dem grauen Slip fehlt eindeutig das *je-ne-sais-quoi*. Victor meint, gelegentlich ginge meine Selbstverleugnung zu weit. Das weiße Höschen könnte es richten.

Aber vielleicht hat das Schwarze mit der Spitze doch mehr Pfiff. Wenn es um Selbstbefleckung geht, bin ich Ästhet.
Begehe ich hier einen Akt der Liebe, des Hasses oder beides?
Ich wünschte, ich hätte etwas zum Anschauen. Allerdings hängt an der Wand eine Postkarte der *Großen Odaliske in gestreiftem Pantalon* von Matisse. Sie ist lüstern, besser als die beste Pornographie. Aber ich finde, das Leben ist sowieso die beste Pornographie.
In Gedanken durcheile ich meine Sammlung stimulierender Bilder. Welches davon soll ich aufrufen? Die Zeit in Berlin oder die Italienerin mittleren Alters, die weinte? Wie wäre es mit dem Mädchen, das ohne Höschen Fahrrad fuhr? Oder vielleicht das eine Mal, als ich enge Cowboystiefel und noch engere Hosen trug und merkte, während die Frau sich für mich hinlegte, daß ich selbst mit ihrer Hilfe weder Stiefel noch Jeans ausziehen konnte, die Sachen letztendlich anbehalten und so weitermachen mußte, quasi gefesselt.
Statt dieser nostalgischen Bilder, die ich jetzt zur Erregung heraufbeschwöre, malte ich mir, als ich noch jung war, zukünftige Bettszenen aus, die eine gewisse Realisierungschance hatten. Doch als ich versehentlich einen Blick in den Spiegel werfe und darin eine grauhaarige, grimassierende, stieläugige, affenähnliche Gestalt sehe, deren eine Hand vorne zur Faust geballt, während die andere vorsichtig in die Seite gestützt ist, weil ihr vom Hochheben der Kinder der Rücken

schmerzt, weiß ich, daß ich eher heulen als ejakulieren könnte.

Ich war auch einmal ein Kind.

Ich werde an Nina denken.

Wie oft sitze ich in einer Bar oder einem Restaurant oder auf einer Party von Freunden und wünsche mir nichts sehnlicher, als daß sie durch die Tür tritt. Ich glaube fest, daß sich in diesem Moment alles zum Guten wenden wird. Niemand ist so wunderbar wie sie. Es gibt so vieles, das ich sagen möchte. Unsere Liebe ist wichtiger als alles andere. Und doch bin ich mir bewußt, wie anfällig wir für Illusionen sind. Wie beunruhigend der Gedanke ist, daß unsere wichtigsten Überzeugungen auf Illusionen basieren.

Ich glaube nicht, daß ich das hier noch lange durchhalte. Früher genügte der bloße Gedanke an einen Frauenkörper, und ich kam; jetzt erfordert dieser Akt Konzentration und beträchtliche Anstrengungen. Wenn sich nicht bald ein wenig Erregung einstellt, bekomme ich einen Krampf oder zerre mir einen Muskel.

Drei Finger, bis zum Knöchel, dringen in dich ein, recken, strecken sich nach dem wohligen Fleisch, bis es sich wie ein Handschuh anfühlt. »Es kommt mir wie ein Puls vor«, sagst du. Meine Hand ist ein Teil von dir, und doch kontrolliert sie dich.

Ninas Gesicht; und dann die Art, wie sie sich umdreht und mir ihren Arsch hinhält.

So müßte es klappen.

Bei Gott. Ja.

Ich werfe Susans Höschen in den Wäschekorb, während mir D.H. Lawrences Bemerkung in den Sinn kommt, daß selbst Tiere nach der Ejakulation traurig seien. Ich frage mich, welche Beobachtung D.H. Lawrence zu dieser Erkenntnis geführt haben mag. Dennoch fühle ich mich besser, als hätte ich meine Lust loswerden wollen.
Ich wasche mir gerade die Hände, als ich ein Geräusch höre. Schnell mache ich mir die Hose zu. Die Badezimmertür wird wie von Geisterhand aufgestoßen. Ich schaue und lausche.

Aus der Dunkelheit des Flurs tanzt ein leuchtender Kinderschnuller in den Raum, ein winziger, grüner Lichtpunkt. Die Augen des Jungen sind geschlossen, während er dort in dem Batman T-Shirt, seiner Pyjamahose und den fellgefütterten Hausschuhen vor mir steht, drei Jahre alt. Genauer gesagt: er schläft. Plötzlich stolpert er und reißt automatisch die Arme hoch, als hätte er ein Tor geschossen. Meine Hände passen unter seine Achseln, ich ziehe ihn an meinem Körper hoch und rieche und küsse sein Haar.
»Was machst du denn hier, mein hübscher Junge?«
Ich bringe ihn nach unten, schalte eine Leselampe an und öffne die Fensterläden. Ich lege ihn auf das Sofa und ziehe ihm seine Pyjamahose und die feuchte Windel aus. Der Geruch ist unangenehm scharf und vertraut zugleich; er ist es. Er gibt sich widerspenstig und versucht unentwegt, sich umzudrehen. Ich lege ihm

die eine Hand auf die Brust, drücke ihn leicht nach unten und packe mit der anderen seine Knöchel, als wolle ich ihn mit den Füßen an einem Haken aufhängen. Er windet sich und blinzelt, während ich ihn säubere. Dann ziehe und zerre ich an ihm, um die Windel in die richtige Position zu bekommen. Es ist, als versuchte ich, den Reifen eines rollenden Autos zu wechseln. Ich habe schreckliche Angst, er könnte anfangen zu schreien. Schließlich ziehe ich ihm seine Pyjamahose wieder an.

Ich hoffe, daß er eines Tages das gleiche für mich tun wird.

Außer Atem sitze ich am Fenster, halte ihn im Arm, flüstere mit ihm und blase ihm ins Ohr.

»War ich lieb genug zu dir, Kleiner?«

Als er ein Baby war, fand ich nur wenig Gefallen an ihm. Ich fürchtete sein Weinen und Jammern, seine Proteste gegen das Anziehen, das Essen oder das Schlafen, als gäbe es für mich kein anderes Ziel, als ihn zu etwas zu zwingen, was er nicht tun wollte. Ich war überrascht, daß ganze Tage vergehen konnten, an denen man für nichts anderes Zeit fand als für ihn, nicht einmal abends und erst recht nicht in der Nacht. Nachdem ich mehrere Bücher über Kindererziehung studiert hatte, für gewöhnlich in den frühen Morgenstunden, nicht selten mit Kot oder Erbrochenem an den Händen, schmiß ich ihn einmal rückwärts in sein Kinderbett, wobei er sich den Kopf stieß. Ich tat Cognac in seine Milch. Ich trat ihm fest in die Win-

deln, noch bevor er laufen konnte. Wieso können Kinder ein solches Gefühl der Hilflosigkeit in uns wecken?
Im übrigen schloß mich Susan aus und reklamierte die Babys und die Kompetenz für sich, ihre Freundinnen und ihre Mutter. Erst in den letzten paar Monaten habe ich mich nützlich machen können. Und erst kürzlich habe ich mich in ihn verliebt, ein Gefühl, das aus unzähligen Momenten des Staunens erwuchs, ähnlich wie bei Nina. Er nahm allmählich Konturen an, schien immer interessanter zu werden, während sich eine Tür nach der anderen auf zahllose Wunder und Freuden öffnete, bis ich bezaubert, beglückt und gerührt war. Sein Lächeln; sein Lachen; sein Nachahmen eines verärgerten Gesichts, eines lustigen Gesichts, eines traurigen Gesichts entzücken mich, nicht anders seine liebevolle Art und seine Angst um mich.
Mittlerweile unterhalten sich der Junge und ich pausenlos. Er stellt mir unablässig Fragen – wohin geht nachts das Licht, was essen Spinnen, warum haben Frauen »Busen«, wohin gehen die Menschen, wenn sie sterben, und warum haben sie Augenbrauen? Wer wird ihm antworten, wenn ich nicht mehr hier bin? Wenn ich mich von den Jungen losreiße, zerreiße ich nicht auch sie?
Als Victor sein Heim verließ, warf ihm der jüngere Sohn seine Sachen aus dem Fenster nach, bevor er sich eine abgebrochene Flasche in den Arm stieß. Er wollte nicht, daß Victor ihn im Krankenhaus besuchte. Er

weigerte sich, Victors Briefe zu beantworten. Der andere Sohn lebte alleine in dem Haus der Familie, nachdem seine Mutter weggegangen war. Eines Nachts fand Victor den Jungen auf einem Schlafsack im Flur vor, dem einzigen Raum, den er benutzte. Alle Lampen im Haus waren erloschen oder durchgebrannt. Er aß bei Kerzenlicht und ernährte sich von dicken Bohnen in Tomatensoße aus der Dose. Der Junge war ungewaschen, seine Kleidung verdreckt. Dabei hatten Victor und seine Frau dem Jungen doch sicher beigebracht, sich zu waschen, oder? Doch nachdem seine Welt durch den Anschlag des Vaters auf das Glück in die Brüche gegangen war, vermochte der Junge kaum zu sprechen oder sich zu rühren. Victor ist immer noch dabei, den Schaden wieder gutzumachen.

Ich lasse diese Frau mit zwei kleinen Kindern allein. Sie wird sich fortan überwiegend selbst um sie kümmern müssen. Meine Gegenwart, wie bedrückend sie ansonsten auch gewesen sein mag, hat ihr vielleicht ein Gefühl der Sicherheit vermittelt. Jetzt wird sie arbeiten, den Kindern ihre Kleidung kaufen, sie ernähren und sich um sie kümmern, wenn sie krank sind. Ich bin sicher, daß sie sich fragen wird – wenn sie es nicht bereits getan hat –, wozu Männer überhaupt gut sind. Erfüllen sie heutzutage überhaupt noch irgendeine nützliche Funktion? Sie schwängern die Frauen. Später überweisen sie vielleicht gelegentlich Geld. Was könnten Väter sonst sein? Das war keine Frage, die sich Dad stellen mußte. Das Vatersein war damals kein Thema.

Er war da, um sich Geltung zu verschaffen, zu führen, die Disziplin aufrechtzuerhalten und um sich an seinen Kindern zu erfreuen. Wir hatten ihn so zu achten, wie er war, und die Dinge so zu sehen wie er. Würden wir werden wie er, nur besser ausgebildet, könnten wir uns glücklich schätzen. Er war ein guter Mann. Er ist nicht davongelaufen, auch wenn er vielleicht daran gedacht hat.

Ich nehme die Decke von der Rückenlehne des Sofas und breite sie über meinem Sohn aus.

Manchmal tritt und schlägt mich der Junge, oder er harkt mir mit seinen Fingernägeln durchs Gesicht und versucht mich zu beißen. Er nennt mich einen »riesig großen Tyrannen«. Wenn ich ihn ausschimpfe, schluchzt er. Wenn ich wütend werde, hält er die Luft an und kann nur noch keuchen, als nähme ich ihm das Leben.

Ich fühle mich dann schuldig und kann den Gedanken nicht ertragen, daß sich der Mann, den er am meisten liebt, gegen ihn gewandt hat. Wir brauchen einander, der Tyrann und der Junge. Wenn ich für einige Tage verreise, sei es aus geschäftlichen Gründen oder um die Seele ein wenig baumeln zu lassen, und ich sehe auf der Straße oder im Restaurant Kinder im Alter meiner Söhne, überkommt mich panische Trennungsangst, und ich kann nicht verstehen, warum ich nicht bei meinen Kindern bin. Bei jeder Rückkehr merke ich, wie sie sich verändert haben. Ich möchte keinen Moment von ihnen versäumen. Nicht nur um ihrer Zukunft willen, sondern wegen des Hier und Jetzt, dieses Augenblicks, denn nur der zählt.

Mein letzter Gedanke vor dem Einschlafen gilt ihnen.

Und ich gehe fort.

Die Kinder sind jedoch erregter als üblich, wenn Susan und ich mit ihnen zusammen sind, als wäre unsere Wut ansteckend und als würden sie stellvertretend für uns weinen. Sollten wir weiter zusammenleben, würden sie vielleicht vom Weglaufen träumen. Susan wollte den jüngeren Sohn zu »jemandem« schicken.

»Wenn die Eltern verrückt werden, schicken sie ihre Kinder zum Psychiater«, sagte ich.

»Du bist derjenige, der verrückt geworden ist«, sagte sie. »Deine Theorien sind krank.«

Gehab dich wohl, dumme Zicke.

Aber es gibt da noch etwas, dem ich mich stellen muß.

Wenn ich fortgehe, möchte ich, daß auch sie verschwindet. Da mag nur noch wenig Liebe zwischen uns sein, doch die Eifersucht bleibt. Ich will mein Leben leben, möchte aber nicht, daß sie ihres lebt. Wenn dies erst einmal getan ist – und, sagen wir, achtzehn Monate verstrichen sind, verstreichen werden sie gewiß –, wird vielleicht ein anderer Mann in diesem Haus leben. Vielleicht wird er sitzen, wo ich jetzt sitze. Meine Söhne werden zu ihm gehen, wenn sie einen Alptraum haben. Kinder sind, da sie unsere Gepflogenheiten erst erlernen müssen, berüchtigt dafür, ihre Zuneigung wahllos zu verteilen. Sie hocken auf jedermanns Schoß.

Der Mann wird sie küssen und umarmen, wenn sie aufwachen. Womöglich wird er sie zu Bett bringen und ihnen etwas erzählen, bis sie eingeschlafen sind. Womöglich hat er einen nördlichen Akzent. Womöglich bringt er sie dazu, die Fußballmannschaft von Arsenal zu unterstützen. Oder vielleicht wird er aber auch unduldsam werden und ihnen eine Kopfnuß verpassen. Kann sein, daß ich dann bereits ein Außenseiter bin, der im Auto sitzt und darauf wartet, daß sie aus dem Haus kommen. Und der Junge wird sich nicht an diese Nacht erinnern. Keiner der beiden wird sich an ein Zusammenleben der Eltern erinnern können. Sie werden sich an nichts von alldem erinnern, und ich werde es nie vergessen. Susan wird die Kinder immer besser kennen als ich.

Trotzdem hoffe ich, daß sie bei einem reichen Mann landet. Nicht, daß die Männer hier Schlange stehen werden, Gott bewahre. Allerdings finden selbst die groteskesten Menschen jemanden zum Bumsen und sogar einen Ehepartner. Wie Joe Ortan so schön sagt: »Die Ehe nimmt niemanden vom Anwesenheitsappell der Freaks aus.«

Die Therapeutin hielt mir immer wieder vor, »Sie verlassen auch die Kinder, machen Sie sich da nichts vor.« Ich wollte schreien, nein, nein, sie ist diejenige! Aber wir haben uns gemeinsam für die Kinder entschieden, das setzte eine gewisse Vertrauens- und Sicherheitsbasis voraus, die ich zerstören werde.

Zeitweise tun mir die Kinder leid, weil sie hier bei ihr

bleiben müssen. Ich kann abhauen, aber sie können es nicht.
Der Junge schläft tief und fest. Ich liebe es, seine Träume erzählt zu bekommen und sie mit ihm zu bereden. Susan dagegen verhöhnt mich wegen meiner Anmaßung.
Ich sollte jetzt besser schlafen gehen. Aber ich möchte lieber nicht ins Bett gehen. Es gibt kaum etwas Traurigeres, als sich im Dunkeln neben einer Frau auszuziehen, die dir zuliebe nicht einmal aufwacht.
Oft steigt mir über dem Gedanken, nach Hause zu gehen, das Blut in den Kopf, preßt sich in meine Ohren und Augen, bis sich mein Schädel wie ein übermäßig aufgepumpter Reifen anfühlt. Dann gehe ich vielleicht in eine Kaschemme und halte mich dort an einem Stuhl fest, oder in irgendein Haus, wo ich die Frau des Gastgebers betätscheln kann. Einmal kam ich verspätet zu einer Abendgesellschaft. Die Frauen sprachen wie üblich über die Arbeit und die Männer über Kinder. Ich setzte mich auf meinen Platz und sah keinen anderen Ausweg, als zu saufen. Der Abend wurde dann doch noch interessant, als ein Bekannter mittleren Alters seinen hübsch frisierten Kopf auf den Tisch legte. Seine von ihm verlassene Ehefrau weigerte sich, ihn die Kinder sehen zu lassen, und hetze sie, so glaubte er, sogar gegen ihn auf. Sie sperrte sich auch, das Haus zu verkaufen, in das er sein ganzes Geld angelegt hatte. Sie setzten sich gerichtlich auseinander. Und der Bekannte sagte, seine neue, junge Freundin an seiner Seite, er bezweifle, daß es sich gelohnt habe.

Die Freundin erwiderte, er habe zugelassen, daß die Kinder ihre Romanze zerstörten. Sie wollte ihn, nicht die Kinder, die er mit einer ungeliebten Frau hatte. Einige der Männer am Tisch, die ihre Frauen zuletzt vor der Tür des Scheidungsgerichts gesehen hatten, nickten mit finsterer Miene, grummelten und schüttelten den Kopf. Die junge Frau erhob sich und ging. Ich hätte ihr hinterherrennen sollen. Mein Bekannter erklärte mit feuchten Augen, ihretwegen habe er das meiste von dem aufgegeben, das er besaß. Doch als sie nach wenigen Monaten merkten, daß sie sich nicht sonderlich sympathisch waren, und sie sogar versucht hatte, ihm ein Ohr abzureißen, führte kein Weg mehr zurück – kein Weg zurück zu irgendeinem Halt.

»All das nur für einen Fick«, murmelte ich. Die anderen Männer lachten. Da ich jedoch mitbekommen hatte, wie das kleine Biest die Hauskatze liebkoste, während ihr Geliebter weinte, schloß ich, was das für ein Fick gewesen sein muß. Es folgte eine Diskussion über das sittlich richtige Verhalten in einem solchen Dilemma. Aber ich konnte nur daran denken, daß es Ficks gibt, für die man Partner und Kinder auch im eisigen Meer ersäufen würde. Ein Königreich für einen Orgasmus. Ich habe übrigens bemerkt, daß Frauen in dieser Hinsicht besonders entschlossen sind. Wenn sie irgend jemanden wollen, dann gibt es für sie kein Halten.

Mein Sohn, es mag eine Zeit kommen, da ich dir manches hiervon erklären werde, weil irgendwann die Zeit kommen mag, da ich sie selbst verstehe.

Mit einer Hand halte ich seinen Kopf, mit der anderen stütze ich seinen Rücken – seine Augen sind geschlossen, der Mund ist offen –, so bringe ich ihn zu Bett. Doch als ich dabei bin, ihn hinzulegen, überkommt mich ein merkwürdiges Gefühl. Manchmal schaust du in den Spiegel und kannst dich im Moment nicht mehr genau an dein Alter erinnern. Irgendwie erwartest du, daß dir aus dem Spiegel ein Zwölfjähriger oder Achtzehnjähriger entgegenblickt. Ich fühle mich jetzt, als würde ich mich selbst anschauen. Er ist ich, ich bin er; jeder von uns ein Teil des anderen und doch in der Welt getrennt. Im Augenblick trage ich mich selbst im Arm.

Ich lege ihn hin und decke ihn zu.

Ich frage mich, wann ich jemals wieder neben ihm schlafen werde, ob überhaupt. Er kann hart zutreten und neigt dazu, aus heiterem Himmel in mein Haar zu speien. Aber er kann auch mein Gesicht wie eine Geliebte berühren und streicheln. Seine liebevollen Worte und sein kleines Stimmchen kommen mir wie Gottes Atem vor.

Ich schleiche die Treppe hinunter und ziehe meine Jacke über. Ich nehme meinen Schlüssel. Ich gehe zur Tür und öffne sie. Ich trete aus dem Haus. Es ist dunkel und kalt. Der frische Wind fegt durch mich hindurch. Er belebt mich.

Geh. Du mußt gehen.

Ich befreie mich von sämtlichen Zwängen.

Man könnte in der Dunkelheit verschwinden und fürchten, niemals wieder aufzutauchen.
Dies muß die Todesstunde sein, der tiefste Punkt der Nacht. Kaum etwas Lebendiges rührt sich, mich eingeschlossen.
Draußen schlagen die dunklen Blätter an den Bäumen im Wind wie Hunderte von langen, grünen Zungen, während die Zweige an mir pochen.
Ich werde mir einen Joint drehen, wenn ich kann. Dieses Gras riecht widerlich. Wie ein gelöschtes Lagerfeuer, meint Susan, insbesondere, wenn ich es ohne Tabak rauche.
Ich beobachte gerne, wie die Pflanzen hinten im Garten wachsen. Wenn ich abends nach einigen Drinks nach Hause komme und mir nichts übrigbleibt, als die Haustür hinter mir zu schließen, wohl wissend, daß ich bis zum nächsten Morgen unter diesem Dach werde bleiben müssen, als befände ich mich irgendwie unter Hausarrest, dann gehört mein Gang in den Garten zu den wenigen Dingen, die ich wirklich gerne tue. Dort sprenge ich meine Cannabispflanzen, derweil mein jüngster Sohn, in Strampelanzug und Filzschuhen, hinter mir am Wasserschlauch zieht und zerrt.
Ab und zu schneide ich ein paar Blätter ab, rolle sie in Zeitungspapier und trockne sie auf einem Boiler. Ich habe Ekstasy, LSD und eine alte Flasche Amyl Nitrat im Kühlschrank. Eine Zeitlang nahm ich jeden Tag ein wenig »E« und begann damit gleich nach dem Frühstück. Ich fühlte mich dadurch schlechter, und ich

wußte es. Aber ich hörte nicht auf. Drogen habe ich immer schon am liebsten in besonders normaler Umgebung genommen, zum Beispiel beim Abendessen mit meinen Eltern. Gelegentlich gehe ich auch heute noch in meinem aktuellen Lieblingsanzug und zugedröhnt mit Acid zu einem Elternabend. Und die alljährliche Weihnachtsfeier gewinnt, meiner Meinung nach, durch etwas LSD. Es ist das Heimliche, das ich daran genieße, und vielleicht auch die Herausforderung.

Nina zog mich immer auf und sagte, meine Einstellung zu Drogen gehöre in eine andere Zeit. Es ist wahr, daß Drogen in meiner Jugend als Kraftstoff für die Reise ins Selbst galten. Sie führten mich außerdem in eine gefährlichere und abenteuerlichere Welt ein, nicht zuletzt in eine literarische; De Quincey, Baudelaire, Huxley. Für Nina bedeuten Drogen Elend, Gefängnis und Überdosen. Es war ihre Angst vor Nadeln, die sie geschützt hat, wenn sie denn geschützt ist.

Ich habe beschlossen, den Nadelstreifenanzug zu vergessen. Er wird ohnehin in der Tasche geknautscht, und drüben habe ich keine Möglichkeit, ihn aufzuhängen. Das Lennonbild ist sicher. Aber ich muß noch ein Bild von den Kindern finden, das ich mitnehmen kann. Ich gehe zu Susans Schreibtisch, der übersät ist mit ihren Papieren. In der Hoffnung, einen Beweis für einen kürzlich begangenen Treuebruch zu finden, dessentwegen ich sie erst zur Rechenschaft ziehen und dann verlassen kann, ergreife ich ihr Portemonnaie und öffne es. Ich finde lediglich ein Bild von uns beiden, Arm in Arm.

In den Schubladen sind Stapel mit Fotos. Ich suche mir eines heraus, auf dem mein ältester Sohn ein paar Tage alt ist. Ich bade ihn gerade im Krankenhaus, sein Kopf liegt in meiner Hand. Mein Gesichtsausdruck ist vor lauter Konzentration ganz ernst, während ich seine Rippen und sein verzerrtes Gesicht zum ersten Mal naßspritze. Damals war es Karen, mit der ich mich traf. Ich winkte Susan im Krankenhaus auf Wiedersehen, ergriff die Flasche Champagner, die ihr Vater uns gebracht hatte, und trank sie im Bett zusammen mit Karen aus.

Susan meinte neulich noch: »Ich werde nie vergessen, daß du das Krankenhaus verlassen hast, ohne mich zu küssen. Unser erstes Kind, und du hast mich nicht einmal geküßt. Naja, wenigstens liebst du die Kinder. Wenn du weg bist.«

»Weg bin?«

»Auf Reisen. Die Kinder fragen immerzu nach dir. Das erste, was sie morgens sagen, ist: ›Kommt Daddy heute nach Hause?‹«

Ich stecke das Foto in meine Hosentasche.

In Erinnerung an alte Zeiten blättere ich in ihrem Tagebuch. Es ist verstaubt; sie führt es nicht regelmäßig, sondern schreibt nur die Dinge hinein, von denen sie möchte, daß ich sie lese. Ich überfliege den Abschnitt, in dem sie vor drei Jahren über ihren Liebhaber schrieb und sich darüber Gedanken machte, ob sie ihn nicht

in Rom besuchen sollte. Ich durchschaute ihre Lügen und sagte ihr, ich wäre froh, wenn sie zu ihm führe. Ich suchte immer schon nach Gelegenheiten, sie zu verlassen.
Ich setze mich wieder aufs Sofa. Ich werde noch etwas hiervon rauchen, auch wenn es mir das Gefühl gibt, ich sei der öffentlichen Anklage ausgeliefert worden.
»Da bist du ja.«
Ich schaue auf. Ich schaue weg. Ich schaue wieder hin. Susan steht in ihrem weißen T-Shirt und ihren weißen Pantoffeln mit zerknittertem und verquollenem Gesicht am Fuß der Treppe.
Sie sieht so weiß aus, daß ich meine, auf ihr schreiben zu können.

Als ich einmal morgens um vier von einer Teenager-Party nach Hause kam, fand ich Mutter unten in ihrem knöchellangen, fleckigen Morgenmantel vor. Auf dem Boden verstreut lagen Fotos von ihr als junge Frau. Auf diesen alten Bildern war sie linkisch und enthusiastisch, mit ebenso langen Haaren wie ich, in Sandalen und einem geblümten Kleid. Sie poussierte mit Männern, die Haarscheitel hatten und Krawatten trugen, keiner von ihnen mein Vater.

Susan muß mich beobachtet haben, wie ich in die Luft starre. Ich frage mich, wie lange schon?

Ich nahm Nina gerne zu Restaurants und Partys, zu Eröffnungsfeiern und Ausstellungen mit. Ich saß dann da und beobachtete sie beim Betrachten der Bilder. Ich freute mich über ihre Freude, während ich sie durch London führte. Ich wäre sonst nicht ausgegangen. Unsere Hände ließen keinen Moment voneinander. Wo immer wir uns befanden, sie war meine Zuflucht, mein unsichtbares Licht. Doch diese neuartigen Vergnügen zogen sie aus ihrer vertrauten Welt und stießen sie in eine, die sie einschüchterte. Manchmal überwältigte ich sie. Von mir gab es zu viel, ich weiß. Wir wollen zwar Liebe, aber wir wollen uns selbst nicht verlieren.

Asif korrigierte Klassenarbeiten, umgeben von seinen alphabetisch geordneten Büchern über Philosophie, Erziehung und Kinderentwicklung. Auf seinem Schreibtisch standen Fotos von seiner Frau und seinen Kindern. Als er mich mit Najma, die besorgt hinter mir stand, an diesem Nachmittag in der Tür zu seinem Arbeitszimmer erblickte, erschrak er. Vielleicht sah ich angespannt oder noch schlimmer aus.

»Geht es den Kindern gut?« lautete seine erste Frage.

»Ja, ja.«

Er war erleichtert.

Wir gaben uns die Hand.

»Deinen auch?« sagte ich.

»Ja, Gott sei Dank.«

Najma fragte mit herausforderndem Blick: »Und Susan?«

»Gut, ihr geht's gut.«
Asif schaute mich fragend an. Mir widerstrebte es, seinen Frieden zu stören. Ich wußte nicht einmal, warum ich gekommen war. Ich war seit dem Morgen durch die Straßen gelaufen. Dann hatte ich ein Taxi herangewunken und dem Fahrer Asifs Adresse genannt. Da Victor seit kurzem ein Anhänger des Hedonismus ist, mußte ich vielleicht einmal die andere Seite hören.
Ich sagte: »Kann ich dich sprechen?«
Widerwillig ließ uns Najma allein, und Asif tauschte seine Hausschuhe gegen Straßenschuhe ein. Ich bemerkte, daß er allmählich fülliger wird. Mit seiner Weste, straff über den Bauch gezogen, sieht er älter, würdiger und gewichtiger aus.
Wir spazierten durch seinen Garten. Mir fiel auf, daß er immer wieder zum Wintergarten aufschaute, wo Najma in einem Korbstuhl saß und las. Ich bildete mir ein, sie verurteile mich bereits.
Ich sagte: »Das ganze Haus ist vergiftet. Susan will, daß ich nett bin. Ich kann nicht nett sein. Wir können nichts füreinander tun. Das ist eine Tatsache. Ich habe beschlossen, sie zu verlassen.«
Asif sagte: »Jedes Paar streitet sich. Selbst Najma und ...«
Ich lachte plötzlich auf und sagte: »Aber ich erinnere mich.«
»Woran?«
»Während der Omelettes beim Frühstück. Bevor wir hinunter zum Schwimmbad gegangen sind – letztes

Jahr, während der Ferien in Italien. Susan und ich waren über mehrere Stunden hinweg freundlich zueinander. Aber ihr beiden. Das Schweigen. Der Groll. Du konntest es kaum erwarten, in das Café zu gehen, wo wir alleine Tischfußball spielen konnten.«

»Ja, gut. Wir sind eben ... gelegentlich ... anderer Meinung.« Dann sagte er: »Nichts ist leichter, als sich schnell abzuwenden. Warum die Dinge überstürzen? Warte doch ab, was passiert. Warte ein Jahr, ich bitte dich.«

»Ich kann keine Woche mehr warten. Wirklich, ich bin morgen früh weg.«

»Das ist doch nicht dein Ernst? Ein Jahr ist doch nichts in unserem Alter. Ist das Mädchen der Grund?«

Ich zuckte mit den Schultern. »Ich treffe sie nicht mehr. Ich habe sie verloren.«

»Nicht doch – du zitterst ja.« Er legte den Arm um mich. Er sagte: »Aber du bist ihr irgendwie auf der Spur?«

»Wenn ich ihre Härchen am Nacken wiedersehen könnte, könnte ich mich von diesem Punkt aus nach außen bewegen. Weißt du, das könnte der Anfang einer neuen Lebenshaltung sein.«

»Ihr Haar?«

»Ja, sicher.«

»Es ist nur, ich wußte nicht, daß Männer in unserem Alter so romantisch werden können.«

Ich sagte: »Asif, Alter feit doch nicht vor starken Gefühlen.«

Er schnaubte. »Zu dumm, daß du ihr begegnet bist!«
»Warum bist du so darauf versessen, das lächerlich zu finden?«
»Vielleicht hasse ich es einfach, einen Mann, den ich respektiere, der mutig und in manchen Hinsichten engagiert ist – in anderen stur – durch solche Leidenschaften gebeutelt zu sehen. Aber ich nehme mal an, daß du es dir, im Gegensatz zu den meisten anderen Leuten, leisten kannst, deinen Vergnügungen nachzugehen. Und genau das tust du.«
»Ja. Aber glaub nicht, ich wüßte nicht, daß es eigentlich viel Wichtigeres gibt, worüber man nachdenken sollte – über die internationale politische Situation und so.«
Mein Sarkasmus bringt ihn zum Schweigen.
Seine Kinder laufen im Garten herum. Sie fragen nach meinen Jungen. Ich erkläre ihnen, daß sie zu Hause sind. Aus nahe gelegenen Gärten hört man weitere Kinderstimmen. Am Seitentor tauchen einige Kids auf. Wenn ich doch nur zufrieden hier in der Mitte meines Lebens sitzen könnte, wie Kinder es anscheinend tun, und mir nicht immerzu über den Stand der Dinge, über das Morgen, die nächste Woche, das nächste Jahr Sorgen machen würde. Aber seit meinem vierzehnten Lebensjahr, als ich mich gegen meine Eltern verschwor, nicht indem ich fortlief, wie ich es vorhatte, sondern indem ich abwartete und mich vorbereitete in dem Bewußtsein, daß ich eines Tages so weit sein würde, seit jener Zeit also setze ich auf die Zukunft.

Seitdem mußte jeden Tag irgend etwas passieren, das einen gewissen Fortschritt oder Wachstum signalisierte. Ich kann es nicht ausstehen, wenn die Dinge schlaff werden, wenn es an Intensität fehlt. Aber ich würde eine ruhige Phase begrüßen. Langfristig baue ich darauf.
Er sagt: »Du bist ziemlich fahrig. Ich weiß, du achtest auf dein Aussehen, aber jetzt bist du noch nicht einmal rasiert. Lassen wir mal das Haar deiner Freundin beiseite, dein eigenes sieht so aus, als hättest du es nach oben gebürstet.«
Ich lache, erwidere aber nichts.
Nach einer Weile sagt er: »Du bist fest entschlossen?«
»Ich glaube schon.«
»Ich will nicht, daß du in irgendeine Absteige ziehst. Komm eine Zeitlang zu uns, wenn du möchtest. Ich bringe die Kinder in einem Zimmer unter.«
»Das ist lieb von dir, Asif. Danke. Aber ich könnte nicht hier in deiner Familie sitzen, nachdem ich gerade meine eigene verlassen habe.«
»Es ist ja nicht für lang.«
»Wie bitte?«
»Nach einigen Tagen der Besinnung wirst du beschließen zurückzugehen. Du bist noch nicht in der Lage, auf die Kinder zu verzichten. Ich glaube nicht, daß du dir ganz darüber im klaren bist, wie es sich anfühlen wird, sie zu verlassen. Es wird sie verletzen, nicht wahr?«
Meine Beine waren in diesem Moment kurz davor einzuknicken.

Ich sagte: »Ich weiß, daß ich da durchmuß.«
Er sagte: »Das neue Mädchen hast du als eine der ungebildeten Gebildeten beschrieben. Susan ist zwar übellaunig, aber sie ist intelligent. Ich habe es immer sehr genossen, mich mit ihr zu unterhalten. Du mußt doch irgendwann einmal gute Gründe gehabt haben, sie zu wählen.«
»Darf ich nicht meine Meinung ändern? Wenn die Menschen in Schwärmen davonströmen, dann tun sie das, weil sie auf andere Menschen zustreben.«
»Wir sehnen uns alle nach mehr. Wir sind nie zufrieden. Weisheit bedeutet, den Wert von dem zu schätzen wissen, was wir haben. Für jeden Tag, an dem wir ein kleines Glück erfahren und unsere Kinder uns ausnahmsweise einmal anlächeln oder uns gehorchen, sollten wir uns glücklich schätzen.«
»Ich fühle mich entmutigt. Eine unglückliche Beziehung ist kein versiegelter Behälter. Aus ihr leckt es wie aus einer durchlöcherten Ölbüchse.«
Ich schaute ihn an.
»Und du hast nie daran gedacht, alles einfach hinzuschmeißen?«
Wir beide sahen flüchtig zu Najma hinauf.
»Warum fragst du mich so etwas?« sagte er ärgerlich. »Glaubst du, daß ich dir eines Tages eine andere Antwort geben werde, die dann deine Sicht der Dinge bestätigen wird?«
»Welche Sicht der Dinge, Asif?«
»Daß man keinerlei Verantwortung mehr hat.«

Er seufzte und fuhr fort: »Es tut mir leid. Wahrscheinlich ist das, was du tust, einfach die moderne Art.«

»Ich würde sagen, daß eine neue Art der Unruhe umgeht.«

»Ja, und die gibt mir das Gefühl, ein Unikum zu sein, weil ich dieselbe Person über eine Reihe von Jahren hinweg ununterbrochen liebe und nicht heimlich eine Flucht plane. Aber ich liebe all das hier tatsächlich. Jeder Tag bringt etwas, auf das sich bauen läßt. Da wächst etwas. Ohne das wäre ich lediglich ein Mann, der durch die Straße läuft und nicht weiß, wohin.«

»Zu Hause, jedenfalls für mich, bewegt sich nichts.«

»In einer richtigen Liebe bewegt sich auch nicht viel. Du gehst einfach immer weiter im Kreis, drehst dabei aber immer weitere Kreise. Glaubst du denn an gar nichts? Oder ist Anstand für dich nur die allerletzte Option?«

Was konnte ich darauf erwidern? Junge Menschen stecken voller langweiliger Grundsätze. Warum nicht auch ich? Spontan fallen mir nicht gerade viele Grundsätze ein. Nach zweitausend Jahren Christentum befinden wir uns in einem Zustand, in dem ich, wenn ich einen religiösen Menschen treffe – und das geschieht heutzutage, Gott sei Dank, nur selten –, diese Person für geistig gestört und wahrscheinlich therapiebedürftig halte.

Ich könnte sagen: Ich glaube an Individualismus, an Sinnlichkeit und an kreatives Nichtstun. Ich liebe die Phantasie der Menschen: ihre Zartheit, ihre brutale, aggressive Kraft, ihre Tiefe, ihre Macht, die materielle Welt in Kunst zu verwandeln. Mir gefällt, was Mann und Frau zusammen schaffen. Das ziehe ich allem anderen auf Erden vor, neben Liebe und Frauenkörper, die das eigentliche Herzstück bilden von all dem, wofür es sich zu leben lohnt.

Aber Asif ist intelligent. Ich möchte mir nicht die Blöße geben, etwas allzu Selbstsüchtiges zu sagen – auch wenn es meines Erachtens nur wenige Institutionen gibt, die selbstsüchtiger sind als die Familie. Vielleicht entwickle ich mich zu einem bekennenden Skeptiker.

Wahrscheinlich kichere ich jetzt. Ich werde etwas sagen, bevor er mich für verrückt hält.

»Ich habe meine Überzeugungen«, sage ich, »aber sie sind nicht weiter wichtig, sie ändern sich täglich. Es ist geradezu eine Erleichterung, keine Meinung zu haben, besonders in kulturellen oder politischen Fragen. Aber ich sage dir, in diesem Punkt leide ich an einem Übermaß an Glauben.«

»Glauben woran?«

»An die Möglichkeiten der Intimität. An die Liebe.«

Er hätte fast gelacht. Dann sagte er: »Du hast Frauen schon immer gemocht. Daran hat sich nichts geändert.«

»Sie sind doch auch liebenswert. Hast du das noch nicht bemerkt?«

»Wie wäre es mit jemandem nebenher?«

»Das schlägst ausgerechnet du vor?«

»Du reist doch viel. Bist immerzu in Amerika und verwandelst Literatur in … «

»Tand.«

»Da muß es doch Gelegenheiten geben. Das dürfte die Not beseitigen.«

»Für eine Weile, ja. Aber es kommt ganz darauf an, worin genau die Not besteht und ob sie sich lindern läßt. Oder ob sie sich nicht doch wieder aufbaut und mit welcher Intensität. Wie auch immer, du würdest es jedenfalls nicht tun.«

Er sagte: »Vergiß nicht, ich bin Lehrer.«

»Ich weiß. Warum erwähnst du das?«

»Unterrichten ist kein Kinderspiel, weißt du. Und es wird sogar noch schwieriger, wenn die Kinder verzweifelt sind. Im Klassenzimmer sehe ich die Trümmer. Den Abfall. Die zerbrochene Seite der Dinge.«

Er bot mir Tee an.

Ich konnte nicht länger bleiben. Es war Zeit, nach Hause zu gehen, meine Kinder zu baden, Susan zu sehen und zu packen. Ich mußte meinen Beitrag zur zerbrochenen Seite der Dinge leisten.

Victor sagt: »Es war das Schlimmste und zugleich das Beste, was ich je getan habe. Nach der Trennung war mir zwei Jahre lang immerzu bewußt, daß etwas Unverzeihliches geschehen war. Ich wußte, daß ganz in der Nähe Menschen – meine Frau und meine Kinder – unter den Folgen meines Handelns zu leiden hatten. Und doch … «

Er fährt fort: »Du magst mich wegen der Zervelatwurst, der Chips und besonders der eingelegten Zwiebeln wegen auslachen. Aber wie viele unserer Freunde und Bekannten, die ihren Partner verlassen haben, würden gerne zu ihnen zurückkehren? Wie viele von ihnen würden sagen, wenn sie diese Zeit noch einmal durchleben könnten, sie würden nicht fortgehen?«

»Was ist los? Sind sie krank? Sind sie wach?«
»Nein«, sagt sie.
Susan scheint beides zu sein.
Mit ausgestreckten Armen kommt sie vom Treppenabsatz auf mich zu.
»Halt mich fest. Nein, nicht so, als wären deine Arme Klötze. Berühr mich mit deinen Händen.«
Ich weiß noch, daß mein ältester Sohn einmal fragte: »Warum haben wir Hände?«
Ich sage: »Ich bin ja da.«
»Ja. Gott sei Dank. Halt mich fest.«
Ich küsse sie und fahre mit den Händen über ihren Körper. Ihr T-Shirt rutscht hoch. Unabsichtlich berühre ich ihre Brust. Ich fasse nach unten. Ihr Schamhaar ist nicht so üppig und weich wie Ninas. Doch wenn sie zuläßt, daß ich sie jetzt sofort, hier auf dem Boden, vögele, werde ich nicht fortgehen. Ich werde meine Schultern straffen, mich ins Zeug legen und meine Verantwortung ein weiteres Jahr auf mich nehmen. Außerdem werde ich morgen dann zu müde sein. Ich werde mir einen Bückling aus der Tiefkühl-

truhe holen, werde ein üppiges Frühstück verdrücken und einen Seufzer der Erleichterung ausstoßen. Ich mag Geschichten mit einem Happy-End.
Sie sagt: »Ich habe etwas Schreckliches geträumt ... daß du nicht mehr da wärst. Dann bin ich aufgewacht, und du warst nicht da. Du gehst doch nicht fort, oder?«
»Wie kommst du darauf?«
»Ich weiß nicht, ich weiß es nicht.«
»Ist ja gut«, sage ich. »Beruhige dich. Ich massier' dich ein wenig.«
»Nein, danke. Du kannst das nicht. Du bist zu grob.«
»Ich verstehe.« Ich sage: »Es ist ja nicht so, als ob du mich jemals anfassen würdest.«
»Überrascht dich das?« Leise sagt sie: »Nein, nicht wahr?«

Ich rate niemandem zum Lügen. Außer unter gewissen Umständen.
Susan, würdest du mich kennen, würdest du mir ins Gesicht spucken. Ich habe dich täglich belogen und betrogen. Aber wenn ich diese Frauen nicht genossen hätte, wäre ich nicht so lange geblieben. Das Lügen schützt jeden von uns; es hält alles Wichtige in Gang. Es ist reine Freundlichkeit, wenn man lügt. Wen hätte es beeindruckt, wenn ich all die Jahre hindurch brav gewesen wäre? Den lieben Gott? Eine Welt ohne Lüge gibt es nicht, und eine Welt, in der die Lüge nicht mißbilligt würde, gibt es ebensowenig. Leider führt das Lügen dazu, daß wir uns allmächtig fühlen. Es schafft

eine furchtbare Einsamkeit. Heute nacht, in diesem Moment, fühle ich mich abgeschnitten von dir und allen anderen Menschen. Die Wahrheit muß deshalb oberstes Gebot sein, es sei denn, sie kollidiert mit einem anderen obersten Gebot, dem Vergnügen, woran sich offensichtlich der Konflikt entzündet.
Sie wird allmählich wach.
»Was machst du hier unten? Warum bist du nicht im Bett?«
»Ich hatte etwas zu erledigen.«
»Um diese Zeit?«
»Ich konnte nicht schlafen.«
»Warum? Was treibt dich um? Du bist doch sonst kaum wach zu bekommen.« Ihre Augen mustern mein Gesicht. »Du riechst nach Zigaretten und diesem furchtbaren Gras. Dein Haar ist naß. Warst du draußen? Wo warst du? Bei wem warst du?«
Ihre Finger berühren meine Wange.
»Aua.«
»Was ist das? Was ist mit deinem Gesicht passiert? Warte … «
Sie geht zum Lichtschalter, stolpert dabei, verschlafen wie sie ist, und stößt gegen den Tisch. Laß mich dich auffangen.

Die Straßen riechen heute nacht nach Urin. Vor den Supermärkten parken Lastwagen; Männer schieben Metallcontainer durch Seiteneingänge. Man sieht junge Leute, die irgendwohin gehen.

Als Susan und ich uns vor sieben Jahren für ein Jahr trennten, konnten mich Fremde neugierig machen. Damals kannte ich diese Kneipen, kannte Mädchen, die Schmuck auf dem Markt verkauften, kannte Leute, die in Bands spielten, und reisende Kids. Ich hatte Zeit für das Unverhoffte.

Doch heute nacht, nachdem ich die Windeln meines Sohnes gewechselt, ihn zurück ins Bett gebracht habe und zu dieser Kneipe gefahren bin, ohne zu wissen, warum, sehe ich nur Dutzende alt aussehender junger Leute, verrückt und billig gekleidet, dicht zusammengedrängt. Ich kenne niemanden. Mit meinen jetzigen Freunden treffe ich mich nur nach Vereinbarung und mache mit ihnen Termine wie beim Zahnarzt. Und Victor, fünf Jahre älter als ich, würde nie hierhingehen, obwohl er – das spricht für ihn – angefangen hat zu tanzen. Er besucht Nachtclubs, auch alleine, wo er sich auf eigenartige, originelle, terpsichoreähnliche Weise in Bewegung setzt. Binnen kurzem weitet sich der Raum um ihn. Ich bin nicht sicher, ob das auf seinen individuellen Tanzstil zurückzuführen ist, oder damit zu tun hat, daß man ihn für einen Polizisten hält, der sich unerlaubt vom Dienst entfernt hat.

»Ich habe nichts dagegen, lächerlich zu wirken«, sagt er. »Aber diese trendbewußten jungen Leute können ganz schön snobistisch sein.«

Vor der Kneipe lungern Typen in dicken, wadenlangen Mänteln, weiten Hosen und kahnähnlichen Turnschuhen herum. Lustig, wie Drogendealer immer stundenlang bewegungslos herumstehen, um dann plötzlich eilig loszumarschieren. Heute nacht frage ich mich, ob sie alle gleichzeitig Kopfschmerzen bekommen haben. Sie halten sich den Schädel, als wollten sie für Munchs *Der Schrei* Porträt stehen, während sie in ihre Handys sprechen. Früher hätte ich sie nach dem Preis für diese oder jene Droge gefragt. Heute überlege ich mir, was mit ihnen geschehen wird, und frage mich, warum sie wohl für solche Kleider ihr Geld verschwendet haben. Aber sie denken wahrscheinlich, daß ich nicht auffällig genug gekleidet bin.

Ich habe in der Kneipe doch jemanden getroffen, den ich kannte. Einen Jungen, der kein Junge mehr ist und mit dem ich einmal über mehrere Wochen hinweg jeden Tag zusammen war. In meiner sozialistischen Phase hatte ich mir die Mißgeschicke eines solchen Jungen lange angehört und die Gesellschaft verdammt, die solches Leid verursachte. Der Junge war lebhaft und klug und voller Geschichten über seine Abenteuer auf der Straße, aber im Inneren verletzt, das gab seiner Verwegenheit etwas zusätzlich Ergreifendes. In der Kneipe setzte er mir zu, bedrängte mich und verlangte tausend Pfund, um damit in ein Indianerreservat ziehen zu können.

Ich hörte ihn an und sagte dann: »Man könnte meinen, die haben auch ohne dich schon genügend Probleme.«

Ich versuche, mich an ihm vorbeizudrängen, aber er hält mich an der Hand fest.
»Du kannst es dir leisten, einem anderen Menschen zu helfen«, sagt er und setzte seine rührendste Miene auf. »Aus reiner Nächstenliebe … «
Ich unterbreche ihn. »Ich werde dir das Geld geben, wenn du mir eines verrätst. Wo ist dein Vater? Warum bist du nicht zu Hause bei ihm?«
Er schaut mich an.
Ich sage: »Antworte mir!«
»Was hast du denn genommen?«
Er eiert davon.
Draußen auf der Straße würde ich am liebsten anfangen zu gestikulieren und zu brüllen, weil ich glaube, daß einige dieser Männer ihre Väter nicht kennen. Wo sind all diese Väter geblieben? Früher gingen die Väter in den Krieg und waren, wenn sie denn zurückkehrten, nicht wiederzuerkennen. Noch immer flüchten die Väter und sind, wenn sie überhaupt wiederkehren, nicht wiederzuerkennen. Ob sie an ihre Kinder denken? Was haben sie besseres zu tun? Flüchten sie, wenn ihre Frauen Mütter werden? Was haben Mütter an sich, das es so notwendig macht, sie zu verlassen? Wo verstecken sich die Väter, und was tun sie?
Irgend jemand muß es doch wissen. Ich muß einen von ihnen fragen. Ich muß mich selbst fragen.
Ich renne zu meinem Wagen. Es gibt noch einen anderen Ort, den ich heute nacht aufsuchen muß.

Victor küßte Nina immerzu und legte ihr den Arm um die Schulter. Er verhielt sich ihr gegenüber gönnerhaft, doch da sie merkte, wie unbeholfen er ist, achtete sie darauf, ihn nicht zu erschrecken.

Eines Nachts, als wir bei ihm waren, hatte er irgendwelche neuen Drogen. Nachdem er sich in einer anderen Welt verloren hatte, begannen Nina und ich, uns zu lieben. Victor kletterte zu uns ins Bett. Wie ich bereue, was ich vorhatte – sie in meinen Gedanken zu entwürdigen. Wäre sie nicht etwas Besonderes, würde ich nicht so starke Gefühle für sie hegen.

»Warum hast du das getan?« fragte ich ihn.

»Ihr habt gelacht. Ihr hattet Spaß.«

Ich wußte, wie ich ihr Freude machen konnte. Ich kochte für sie; ich badete und massierte sie, während sie Musik hörte. Ich schwor, ich würde sie lieben, beschützen und unterstützen.

Sie vertraute mir, verzagte jedoch allmählich.

Sie erzählte Victor: »Unentwegt verläßt er mich. Jedesmal, wenn ich mich gerade wieder an ihn gewöhnt habe, geht er nach Hause oder – schlimmer noch – fährt in die Ferien. Meine Hoffnung schwindet. Ich habe das Gefühl, ich ersticke. Ich weiß nicht einmal, auf was ich warte.«

Sie teilte mir mit, sie wolle mich eine Zeitlang nicht sehen. Sie müsse Abstand gewinnen. Ich sorgte dafür, daß Victor auf sie aufpaßte, sie täglich anrief und mich in ihren Gedanken präsent hielt. Eines Tages fragte ich ihn in einer besonders üblen, boshaften Laune, ob er mit ihr ausgehen würde, wenn ich nicht da wäre. Ich glaube, sie trafen sich für ein paar Wochen. Ich fragte nicht nach und sprach auch nicht mit ihm, da ich mit Susan und den Kindern verreist war. Dann rief er an und erzählte mir, sie habe ihn gebeten, sich nicht mehr bei ihr zu melden. Wir nahmen unsere Freundschaft wieder auf. Wir sprachen nicht über Nina. Ich dachte, ich würde sie schnell vergessen.

»Ich bin auf einen Drink in eine Kneipe gegangen. Es war gerappelt voll. Ich beschloß, ein wenig spazierenzugehen. Dann habe ich einen Nachtclub gesehen, bin reingegangen und hab' mich umgesehen.«
»Du hast plötzlich einen Nachtclub gesehen.«
Ich sage: »Ja, eine Schlange von Leuten auf der Straße.«
»Warum bist du hineingegangen?«
»Ich weiß nicht. Ich glaube, weil es etwas war, das mir früher Spaß gemacht hätte.«
Susan sagt: »Du bist doch sonst nicht so spontan. Wo ist dein Hemd? Hattest du nicht vorhin noch ein Hemd an?«
»Ach, Gott, ja, stimmt«, sage ich. »Wie leicht man doch die Sachen verliert!«
Sie starrt mich an.

Da ich Victor in der Kneipe nicht finde und die Straßen gewaltsamer scheinen, als ich sie in Erinnerung habe, fahre ich zu dem Haus, in dem sie ein Zimmer hatte. Vor einigen Monaten, nachdem sie nach London gezogen war, weil sie, wie sie zugab, in meiner Nähe hatte sein wollen, habe ich sie dort mehrere Male besucht. Ihr Traum sei es, sagte sie, um die Ecke zu wohnen.

Die Küche war immer voller junger Leute, die sich entweder gerade von irgendeiner Ausschweifung erholten oder sich dafür zurechtmachten. Ich erinnere mich an ihr Bett auf dem Boden; einen indischen Bettüberwurf; Gedichtbände; Kassetten und die vielen Kerzen, die Weihnachten für eine junge Frau so aufregend machen.

»Ich weiß nicht, warum ich hier lebe«, sagte sie, als ich mich von dem einen Bett losriß, um in ein anderes zurückzukehren. »Ich sollte bei dir sein. Kannst du nicht für immer hier bleiben oder zumindest heute nacht?«

Ich schaute sie an, wie sie nackt auf dem Bett lag, weiß wie ein Reiskorn.

»Wie sehr ich wünschte, ich könnte es.«

»Weißt du, ich glaube nicht, daß ich das noch sehr viel länger aushalten kann.«

»Wirst du nicht auf mich warten?«

»Ich weiß es nicht.«

Heute nacht lungere ich nun vor dem Haus herum, dabei gibt es durch die Fenster nichts zu sehen. Schließlich klingele ich. Ein junger Mann öffnet die Tür. Ich frage ihn, ob er sich an mich erinnert. Er bejaht, doch auf so abweisende Art, daß ich mich frage, ob er einer derjenigen war, die Nina von mir abgeraten haben.

»Lebt sie noch hier?«

Er schaut mich mißtrauisch an.
Er sagt: »Sie war eine Zeitlang weg.«
»Sie war?«
»Sie ist wieder zurückgekommen.«
»Wirklich? Sie ist wieder zurückgekommen? Könnte ich sie sehen? Ist sie da?«
»Nein.«
Ich verzichte darauf, ihm eine zu kleben.
Schließlich teilt er mir mit, sie sei wahrscheinlich in einen Nachtclub in der Nähe gegangen.
»Mit wem?«
»Mit irgend jemandem.«
»Wo ist der Club?«
Seufzend, als müßte ich so etwas eigentlich wissen, erklärt er mir den Weg.
Ich fahre hin und stehe eine Stunde in der Schlange, voller Angst, daß sie mich an der Tür abweisen werden. Als ich mich den Türstehern nähere, ziehe ich mein Hemd aus und hoffe, daß ich dadurch zeitgemäßer aussehe. Ich verstecke das Hemd hinter einer Hecke auf der anderen Straßenseite und trage nur noch T-Shirt und Jacke.
Drinnen ist der Nachtclub wie eine Disko, nur dunkel, praktisch pechschwarz, ohne die blitzenden Lichter, die mich als Jugendlicher amüsierten.
Ich habe ein Problem: Selbst wenn sie hier wäre, könnte ich sie nicht sehen.
Ich bin die meiste Zeit meines Lebens jung gewesen – bis heute nacht. Die meiste Zeit meines Lebens gab es

Leute, zu denen ich aufschauen konnte, die zu wissen schienen, was vor sich ging. Wo sind sie geblieben? Heutzutage weiß ich, wer ich bin, es sei denn, ich bin in Susans Gegenwart. Wenn erforderlich, kann ich mich zusammennehmen und eine gewisse Würde bewahren. Aber heute nacht nichts davon.

Ich entzünde mein Feuerzeug und dränge mich durch die Menge, als würde ich eine Höhle erforschen.

Die Leute tragen hoch zugeknöpfte Mäntel und tief ins Gesicht gezogene Mützen. Kein Zweifel, britische Kids sind die geborenen Leistungstypen und Satiriker. Man kann sicher sein, daß sie immer dabei sind, etwas auszubrüten. Doch heute nacht finde ich es deprimierend, die jungen Leute derartig berauscht und betäubt zu sehen. Ich möchte sie fragen, warum, als wüßte ich es nicht selbst. Vor drei Jahren habe ich sechs Monate lang jede Nacht Unmengen Kokain genommen. Daß ich letztendlich clean blieb, verdanke ich purem Glück und meinem Ehrgeiz. Waren wir auch solch anspruchslose Zombies, und glaubten auch wir, daß Jugend ein Wert an sich sei? Zweifellos. Unterstütze ich mit meinen Steuern ihre Schlaffheit? Wahrscheinlich. Ist mein Vater auch verständnislos durch solche Lokale gelaufen auf der Suche nach einer jungen Frau, der er sich in die Arme werfen konnte?

Ich fürchte um meine Söhne, doch daß ich sie morgen verlasse, ist unumgänglich.

Ich glaube, ich habe mich in die Erwachsenen aus *Der Fänger im Roggen* verwandelt.

Warum beneide ich diese Leute? Ende der sechziger und in den siebziger Jahren hatte ich tatsächlich das Gefühl, irgendwohin zu gehören, zu anderen jungen Leuten und zu einer Art oppositioneller Bewegung. Die Ernsthaftigkeit allerdings mißfiel mir; ich war zu unbeholfen, um mich zu engagieren. Aber es gibt etwas, das ich wirklich vermisse: völlig aufzugehen, sich aufzuheben in eine höhere Sache.
Während ich mein Feuerzeug in die Gesichter der Leute halte, bekomme ich allmählich Angst davor, sie zu sehen. Was ist, wenn sie in Begleitung eines jungen Mannes ist? Was ist, wenn sie mich mittlerweile verabscheut? Die Gesichter sind jung. Ich muß verrückt geworden sein, mich in eine derartige Halbfrau zu verlieben. Was ist gegen Reife einzuwenden? Wenn ich mir die Unterhaltungen vorstelle, die ich mit einer Vierzigjährigen führen könnte – über Literatur und Verbitterung! Victor erwähnte neulich eine interessante Optikerin mit einem eigenen Laden. Man sagt, die Seele sei das Wichtigste, nicht der Körper!
Ich weiß, wo ich Frauen mittleren Alters treffen könnte, sofern sie um diese Zeit noch auf sind! Wenn ich mich erst einmal gefangen habe, werden sie dankbar für meine Gesellschaft sein! Sie sind die höhere Sache! Ich werde nach ihnen suchen!
Ich strebe einigermaßen energisch auf den Ausgang zu, wo immer der sein mag. Das ist typisch für mich: etwas ganz nahe zu sein und dann zu fliehen.
Plötzlich erblicke ich eine Frau, die alleine tanzt. Ob

sie das wohl ist? Ich gehe auf sie zu. Nein; das ist nicht meine Liebste. Ich kann zwar nicht viel erkennen, habe aber den Eindruck, diese Frau hätte nichts dagegen, wenn ich sie anspreche. Angeblich werden sie freundlich durch die Drogen, die sie nehmen, als bekämen sie es anders nicht geregelt. Vielleicht sollte man sie allen jungen Leuten geben. In so einer Stimmung würde es sie bestimmt nicht stören, wenn man wie ein abstürzender Helikopter tanzt, oder? Ich möchte lernen, zu erwarten, daß andere Leute mir freundlich begegnen.

Ich brülle der Frau meine Frage ins Ohr, und sie kommt mit mir zur Bar. Ich kann nicht viel von dem verstehen, was sie sagt. Doch ich stelle mir vor, mit ihr in ihre Wohnung zu gehen. Wenn sie einwilligt, gehe ich mit. Ein fremdes Zimmer; ihre Sachen; merkwürdige Orte, an denen ich schon in der Vergangenheit, wenn ich mich in der Stadt verlaufen hatte, gelandet bin und darauf wartete, was als nächstes passiert. Morgen früh werde ich dann direkt von ihr zu Victors Wohnung fahren, ohne noch einmal nach Hause zu gehen.

Dann traf mich ein Schlag. Er schien von hinten zu kommen, es war ein Mann. Es mag in dem Moment gewesen sein, in dem ich gerade im Licht meines Feuerzeugs den Ring in der Augenbraue der Frau untersuchte. Sie hätte Victor interessiert.

Susan setzt sich neben mich.
»Faß es nicht an, ich habe da nur eine Faust abbekommen«, sage ich.
»Warst du aggressiv?«
»Warum das passiert ist, weiß ich nicht. Es ist einfach eines dieser Dinge, die junge Leute gerne tun. Morgen ist das wieder okay.«
»Was ist das?« fragt sie.
»Ein signiertes Foto von John Lennon.«
»Warum lag es auf der Treppe?«
Ich schaue sie verblüfft an. »Lag es da? Ich glaube, ich habe nach einem besseren Platz zum Aufhängen gesucht.«
»Mitten in der Nacht?«
»Es schien der richtige Zeitpunkt zu sein.«
»Jetzt hat es einen Sprung«, sagt sie. »Guck dir das Glas an.« Sie sagt: »Dein armes Gesicht. Willst du, daß ich es dir auswasche?«
Ich schaue sie an und sage: »Es gibt da jemanden, für den ich mich interessiere. Aber sie ist fortgegangen. Ich fürchte, das ist die Wahrheit.«
»Du? Da ist jemand, der an dir interessiert ist?«
»Erstaunt dich das?«
»Nun, ja.«
»Mich erstaunt, daß du erstaunt bist.«
Sie weint.
»Wird sie dich mir wegnehmen?«
»Ich glaube, jetzt nicht mehr.«
Ich öffne den Mund. Ich will etwas sagen.

»Was ist?« fragt sie.
»Nein. Nichts«, antworte ich. »Komm mit.«
Im Badezimmer wäscht sie mir die Wunde aus. Dann führe ich sie mit meiner Hand auf ihrem Arm zurück ins Bett.
Dort liegen wir, Rücken an Rücken.

Gibt es etwas Furchtbareres als Tageslicht? Sie steht am Fuß des Bettes und zieht sich an. Die Kinder hüpfen auf der Matratze herum. Der Jüngere versucht, meine Augenlider mit seinen Fingern zu öffnen. Der andere gießt mir Apfelsaft ins Ohr und überlegt, ob er mir aus dem anderen wieder herausfließen wird. Er hat das Zeug zum Wissenschaftler.
Susan geht mit ihnen nach unten.
Wie jeden Morgen drehe ich mich auf den Rücken und überlege, was muß ich heute tun? Welche Verpflichtungen habe ich?
Was könnte es heute Schönes, Außergewöhnliches geben? Plötzlich fällt es mir wieder ein, und ich schließe die Augen.
Nach einer Weile schlägt die Haustür zu, und im Haus kehrt Stille ein. Die Stille breitet sich aus, hüllt alles in unheilverkündende Sanftheit.
Ich stehe auf und gehe die Treppe hinunter, doch am Treppenabsatz läßt mich ein Geräusch innehalten. Ich sehe Susan im Flur, wie sie sich ihren kurzen Mantel überzieht und ihr Fahrrad zur Haustür schiebt, um sich auf den Weg zur Arbeit zu machen.

»Kaufst du für später etwas ein? Bis heute abend!« ruft sie und schließt dann die Tür hinter sich.

Ohne etwas zu essen oder zu trinken und ohne allzusehr nachzudenken, erledige ich alles so schnell wie möglich. Ich rasiere mich und ziehe anständige Kleidung an. Während ich durch das Haus gehe, entdecke ich die Schlafanzüge meiner Jungen, die auf dem Boden liegen. Ich hebe sie auf, rieche an ihnen und lege sie zusammengefaltet auf ihr Bett.
Bei warmem Wetter tut Susan Talkumpuder in ihre Schuhe, und wenn sie sie dann abstreift, hinterläßt sie Fußabdrücke auf dem Boden, Spuren von sich auf dem Teppich, die unvermittelt abbrechen, wie eine erkaltete Fährte.
Wenig später schließe ich den Reißverschluß meiner Tasche.
Im Stehen kritzele ich Susan schnell eine Notiz hin. »Liebe Susan, ich bin ausgezogen und werde nicht zurückkommen. Ich fürchte, ich glaube nicht, daß wir einander glücklich machen können. Ich melde mich morgen bei dir.« So, das wär's. Dann sehe ich, daß sie mir einen Zettel hinterlassen hat, auf dem sie mich bittet, ihre Sachen von der Reinigung abzuholen. Fluchend laufe ich um die Ecke zur Reinigung, hole ihre Kleider ab und hänge sie ins Schlafzimmer.
Schließlich überlege ich, wo ich meine Notiz hinterlegen soll. Der Tisch im Wohnzimmer ist voll mit Blumen, Geschenken und Glückwunschkarten. Susan hat

letzte Woche in einem Restaurant in der Nähe Geburtstag gefeiert. Es müssen mindestens dreißig Gäste dort gewesen sein. In ihrem neuen Jeanskleid und den hübschen Schuhen mit den seitlich aufgestickten Blümchen eilte sie auf jeden Gast zu, der hereinkam. Küsse, Umarmungen und der neueste Klatsch wurden ausgetauscht, und schon bald war der Boden übersät mit Bändern und Geschenkpapier. Ich saß da und beobachtete, wie sie mit einer Schulfreundin zu Platten von Tamla Motown tanzte. Selbst ihr Tanz hatte etwas Nostalgisches an sich. Mir kam ein Besuch in Venedig in den Sinn. Sie sollte mich im Hôtel des Bains auf dem Lido treffen, aber ich wußte nicht, um wieviel Uhr sie ankam. Ich war hinuntergegangen und hatte sie zufällig im Foyer entdeckt, und sie wandte sich um und erkannte mich, und ihr Gesicht strahlte vor Freude.

Sie ist überhaupt nicht mein Typ, aber ich bin sicher, sie hat etwas an sich, das mir gefallen könnte. Ich würde sie gerne einige Monate lang nicht sehen, um sie zu vergessen; vielleicht könnte ich dann ein klares Bild von ihr gewinnen, sie so sehen, wie sie ist, unabhängig von mir.

Ich stelle die Notiz am anderen Ende des Tisches gegen eine Tasse. Sie wird sie nicht übersehen können, wenn sie hereinkommt. Sie wird sich auf den Stuhl dort drüben setzen, um sie zu lesen. Ich frage mich, was sie dann wohl empfinden wird; ich frage mich, was sie dann tun wird. Das Telefon steht in greifbarer Nähe.

Meine Tasche steht mitten im Schlafzimmer, ich hebe sie hoch.
Ich gehe nach unten und öffne die Tür. Müde, aber entschlossen trete ich nach draußen. Seit Wochen hat es nicht mehr geregnet. Die Blüte ist da. London blüht; auch ich blühe, trotz allem.
Es ist ein wunderschöner Tag zum Fortgehen.
Ich schließe die Tür hinter mir und mache mich auf den Weg. Ich überlege, ob ich nicht durch den Park gehen und die Jungen sehen soll. Doch mein fahriges Benehmen würde mich verraten, und jede Frage könnte mich das bißchen Mut kosten, das ich habe. Vielleicht sollte ich mich noch einmal umdrehen und dem Haus zuwinken.
Ich kann nicht behaupten, aus dieser Prüfung nicht mehr gelernt zu haben als anderswo: die Erziehung eines Herzens, das, wenn schon nicht zerbrochen, zumindest angeknackst ist. Ob ich diese Erfahrung überleben und gut nutzen werde – ob das irgendeiner von uns tun kann –, ist eine andere Frage.

Victor sitzt in seinem schwarzen Morgenmantel, schwarzen Socken und Hausschuhen am Tisch und kaut an einem Stück Toast, das zweifellos noch von letzter Nacht auf dem Tisch liegt. Doch als ich durch die Tür eintrete, steht er auf und küßt mich.
»Hast du es getan?«
»Ja«, sage ich. »Ich habe es getan.«
Victor beobachtet mich. Er sieht fröhlich aus. Ich be-

merke, daß die Wohnung geputzt worden ist. Es ist keine einzige eingelegte Zwiebel in Sicht.
Ich erwäge, meine Sachen auszupacken, um mir klarzumachen, daß ich hier bleiben werde. Aber während ich mich umschaue, sehe ich keinen Platz, an den ich meine Sachen hinlegen könnte. Er wird nachher zur Arbeit gehen, und ich werde hier alleine bleiben. Ich habe keine Lust, in mein Büro zu gehen. Vielleicht werde ich spazierengehen.
Victor nimmt meine Tasche und stellt sie in einer Ecke ab. Ich bemerke, daß der Kaffee frisch ist. Im Ofen sind warme Croissants. Ich setze mich hin und schaue ihn an, ein Freund. Diese Wohnung wird eine Zeitlang – für wie lange, weiß ich nicht – mein Zuhause sein.
Ich frage mich, wann Susan den Zettel auseinanderfalten und es wissen wird, es wissen wird. Sie kommt erst am frühen Abend nach Hause. Noch ist es nicht zu spät, den Zettel verschwinden zu lassen.
»Wußtest du, daß ich kommen würde?«
»Ich habe mir gedacht, daß du es schließlich doch packst«, erwidert Victor. »Womöglich erst in ein paar Wochen. Jedenfalls war es unvermeidbar geworden.«
»Das konntest du sehen?«
»Wie hätte ich das übersehen können?« Dann fragt er: »Hast du es den Kindern schon gesagt?«
»Nein.«
»Das ist das Schwerste.«
Ich beiße mir auf die Lippe.

»Ich werde erst mit Susan reden«, sage ich, »und dann mit den Kindern. Ich habe ihnen eine ganze Menge zu sagen ... über diese ganze Geschichte des Versuches zusammenzuleben.«

Er schaut mich an. Er kennt das. Trotzdem ist er ungewöhnlich fröhlich.

»Warum lächelst du?« frage ich.

»Ich hab' da jemanden kennengelernt. Wir gehen zusammen in diesem neuen Lokal Mittag essen, und dann machen wir einen Spaziergang durch den Park ... «

»Und dann?«

Seine Augen leuchten.

»Ach, übrigens, dieses Mädchen hat angerufen«, sagt er.

»Welches Mädchen?«

»Nina. Sie hat gehört, du würdest nach ihr suchen.«

Mein einziger Gedanke ist, wie schön das Leben manchmal sein kann. Welches Leid zwei Menschen einander zufügen können! Und welche Freude!

»Ich habe mir ihre Nummer für den Fall notiert, daß du sie vergessen hast«, sagt er.

»Danke.«

Er gibt mir ein Stück Papier. Ich nehme den Telefonhörer auf und wähle; dann lege ich wieder auf.

»Später«, sage ich. »Wir haben Zeit.«

Wir gingen nebeneinander, ein jeder in seine Gedanken versunken. Ich vergesse, wo wir waren, und sogar, wann es war. Dann rücktest du etwas näher, fuhrst mir durchs Haar und nahmst meine Hand; ich weiß noch, daß du meine Hand hieltest und mit ruhiger Stimme etwas erzähltest. Plötzlich hatte ich das Gefühl, daß alles so war, wie es sein sollte, und daß es diesem Glück und dieser Zufriedenheit an nichts fehlte. Dies war alles, was es gab und was es geben konnte. Das Beste von allem hatte sich in diesem Moment zusammengefunden. Es kann nur eins gewesen sein: Liebe.